大美中国 ————

千年府城，岁月沉香

卢云芬 ◎ 著

三环出版社
SANHUAN PUBLISHING HOUSE

图书在版编目（CIP）数据

千年府城，岁月沉香 / 卢云芬著 . -- 海口：三环出版社（海南）有限公司，2024. 9. -- （大美中国）.
ISBN 978-7-80773-322-5

Ⅰ. I267

中国国家版本馆 CIP 数据核字第 20249ES136 号

大美中国　千年府城，岁月沉香
DAMEI ZHONGGUO　QIANNIAN FUCHENG, SUIYUE CHEN XIANG

著　　者	卢云芬
责任编辑	卢德花
责任校对	孙雨欣
装帧设计	吕宜昌
出版发行	三环出版社（海口市金盘开发区建设三横路 2 号）
	邮　编 570216　邮　箱 sanhuanbook@163.com
社　　长	王景霞　　总 编 辑　张秋林
印刷装订	三河市同力彩印有限公司
书　　号	ISBN 978-7-80773-322-5
印　　张	12.5
字　　数	144 千字
版　　次	2024 年 9 月第 1 版
印　　次	2024 年 9 月第 1 次印刷
开　　本	690 mm × 960 mm　1/16
定　　价	68.00 元

千年府城，
岁月沉香
Contents 目录

远思近观紫阳街

一

走过许多地方，看过许多风景，长约 1080 米的紫阳街，依旧是萦绕在心头的一缕乡愁。

多少回，独自松弛地闲逛，从北往南走，抬头看云看鸟看青空，也看高大的坊墙。据史料记载，坊墙由唐宋时期实行的里坊制度衍生而来，主要功能是起防火隔离作用。古街北端有悟真坊、奉仙坊、迎仙坊，白塔桥有清河坊、永靖坊。带着好心情，我走走停停看看，看沿途的白墙黛瓦、雕梁画栋，辨认字迹漶漫的石碑、石雕、木雕，节奏慢下来，在兜兜转转的街巷深处感受时空的交错，感触不一样的城市脉动，享受一段慵懒的时光。

寻常街巷不寻常。紫阳街沉积的历史遗存，弥漫着浓郁的文化气息，无声叙述着光阴成就的丰富蕴藏。古街保留着张伯端、陈涵辉、郭凤韶等名人故居遗迹，三抚基、十伞巷、棋盘巷、千佛井、紫阳井等都留下动人的故事，昭示着昔日的不凡岁月。

紫阳街所沉积的历史文化、宗教文化、商业文化、民居文化璀璨夺目，无愧于"中国历史文化名街""浙江第一古街""活着

的千年古街"之美称。最难能可贵的是，一代又一代原住民在此繁衍生息，延续着浓郁的市井生活气息，呈现出一幅悠然自得的慢生活画卷。

城市是文化的容器，街巷是城市的血脉，原住民是本土文化的灵魂。只有留住大多数原住民，才能护住古街巷里的市井气息和风土风情。所谓活态传承，文脉的迭代延续，乡愁的诗意连接，说白了都是以人为本。英国学者史蒂文·蒂耶斯德尔在《城市历史街区的复兴》中写道：历史街区的活力和生气必须是"真实"的，而不是刻意设计的过分美化的；一个"真正"有效的和正常运转的街区，是自然和富有活力的，而不是一群受人雇佣的演员刻意表演的舞台。

近几年，店铺林立、炊烟袅袅的古街发生蝶变，焕发蓬勃生机，形成红火繁荣的景象。从晨光熹微到月明星稀，行人络绎不绝。在波涛汹涌的旅游大潮裹挟下，原住民的坚守会不会越来越难？活态民俗文化会不会被逐渐消解？也许，这只是我这个闲人的杞人忧天。

二

许多东西，当你远离它，隔着时空距离时，才意识到它已镌刻在心灵的印石上，难以消磨，比如特定的一座桥、一堵墙、一棵树、一畦菜地、一条古街，等等。

紫阳街，是古城临海一条斑斑驳驳、逶迤曲折、细如飘带的时光河道，它穿越千百年沧海桑田，沉积江南古城多情、典雅的

千年府城，岁月沉香　>>>

梦呓。

古街悠长悠长，如一弯袅绕缠绵的炊烟，一笔飘逸秀丽的行草，洇开人们温情而感伤的记忆。

许多时候，尤其是暮霭散淡的黄昏，紫阳古街会使人产生幻觉。

吱呀一声，一扇沉厚的杉木门打开一道口子，露出一个姣好而又似曾相识的面容，她青丝如云，面如新月，明眸皓齿，淡淡的笑意飘忽如梦。不远处，静立着一位年轻儒雅的多情才子，仿佛来赴前世约定。此刻，他怦然心动，目光发直，凝神凝眸的模样定格在昏黄的时空中。女子忽地从他的视线中消失，杉木门无声合上，不留些微缝隙。于是，这位年轻才子便禁不住对着木门作无边无际的怀想：她是从古代戏剧、诗文和绘画中走出来的女子，是戴望舒笔下丁香般结着忧怨的女子，还是养在深闺人未识的秃头阿三的乖巧小女儿？她的名字叫紫烟、青苔、红杏还是丁香？芳龄十八

还是十九？爱穿一件大花小袄还是丝质碎花旗袍……

江南的雨细如牛毛、针尖，缠缠绵绵，恍恍惚惚，朦朦胧胧，如一首哀怨而动人的情歌。他在一个烟雨迷蒙的时日候在对面古朴的檐下作殷切的守望和期待，期待她打开木门，撑一顶油纸伞走进悠长悠长的小巷，轻轻巧巧、苗条娉婷的身姿融入古典

诗文和水墨画中。

许多个阴湿的日子过去了，江南的天变得明朗、躁热，阳光有些刺人眼目。那扇木门开了又合，合了又开。坚守的人开始变得焦灼不安，而那位面容姣好的女子始终没有出现。于是，守望的人便怀疑先前的情景是不是特定时空中的幻象。好生失望中，他留给古街一声凝重的叹息，一个无奈的背影。

数年后，儒雅才子旧地重游，不料在小巷的另一头撞见当年那位女子。他在她抬眼凝神的瞬间得到肯定，是她，绝不会有错。他按捺不住心头的喜悦，禁不住启齿唤她的名字，可他终究不知道她叫什么。尽管如此，他还是在心里唤了一声"紫烟"。紫烟是昨日的紫烟，紫烟已不是昨日的紫烟。紫烟的眉宇间有了淡淡的忧怨，眼角眉梢点染上薄薄的岁月风霜。正因为有这般忧怨和风霜，紫烟的身上才散发出多情而迷人的少妇所特有的气息和风韵。

哦，紫烟，你是紫阳的妹妹，是青青莲叶上的一颗露珠，是细白茶具上的一缕茗烟，是静立于木格花架上的一个青花瓷盘，是微风细雨中颤动的一片叶芽，是戏剧舞台上咿咿呀呀的柔弱青衣，是云里雾里飘飘忽忽的倩女幽魂，是多情才子心底一个永远的怀想和伤感的情结。

三

人因地兴，地以人传。应了这句古语，临海城里的一条古街——璎珞街因出过一个了不起的历史人物，即道教南宗的始祖张伯端而变得不同寻常起来。张伯端号紫阳，他曾在古街北端居住，古街因此而得名。张伯端于北宋熙宁八年（1075）著成不同凡响的《悟真篇》一书。此书发展了道教的修炼学说，奠定了道教南宗的理论基础。为纪念这位颇有建树的历史人物，后人在紫阳故居建造了紫阳楼，并建有悟真桥、悟真庙等。现在，有心寻踪者可找到悟真桥、紫阳井和紫阳故里照壁等遗址。

用现代人眼光审视，紫阳古街是一条不折不扣的小巷，但它曾经是一条十分拥挤而繁华的主街道。从那些斑斑驳驳的店号、招牌字迹中，我们不难想见昔日的闹热景象。

居住在古城的时候，我曾多次彳亍独行于古街，也曾陪同远道而来的客人到此一游。独行与结伴游玩的感觉是大不一样的。漫无目的地从古街的这一头踱到另一头，再从另一头折回，放慢节奏，走走停停，古街会使人的心气沉淀、平和下来。千余米的街路不算长，但它联结着宋元明清的揽秀楼、炭行街、风火墙、白塔桥、五凤坊等历史遗存，要读懂读通每一处历史痕迹却并不容易。

时光如水，日影斑驳。古街径自演绎的兴衰让人感慨万千。留守古街的高寿老人相聚一起，在茶余饭后重复着昨日的故事，闪烁的目光牵引出一缕美好的回忆和怀想。而他们的后辈却无心串起零碎的陈年旧事，大都纷纷撤出老街，搬进居民新区，过起新鲜而自在的日子。

古街的青石板光洁如洗，高跟鞋踩着"的笃"作响。听着自己不紧不慢的足音，感受四周清清冷冷、散散淡淡的氛围，与一张又一张日渐风干的面孔交错而过，内心便免不了生出一丝丝惆怅。时光淘走了昔日的风光和浮华，古街已是一帧老照片隐隐泛着黄晕。然而，当你细细端详，不难发现，古街犹如一根千年老藤，不经意地在其枝丫的某一处爆出一粒芽苞，绽放出一丝温暖的春意。比如，墙头横出的一枝火红的石榴，屋檐下穿红肚兜玩耍的幼儿，不远处传来的一声耳熟的吆喝声，随风飘来的传统小吃的香味……这一切，仿佛是久违了的人间温馨。有时，你还会听到一曲如诉如泣，令人或悲或喜的埙声。无可挑剔的技艺，令人心颤的音符，与不远处龙兴寺传出的梵音相和合。其旋律、和声，竟是如此撞击心扉。在这样一条古韵十足的老街，听到这般直叩人心、忽远忽近的埙声，该是怎样的一种感动一种虔诚！此时此刻，我所听到的不仅仅是娓娓漾漾的乐曲声，还有我自己心里真真切切的声音。

　　朝南走到古街的尽头，抬眼看到的是龙兴寺。古街与古寺挨

得如此近，恐怕并不多见。一边是梵音袅袅钟鼓悠悠脱俗除障的清净地，另一边是熙熙攘攘纷纷扰扰多欲多求的浮世图。两种截然不同的生存状态和生活价值在各自的领地充分展示、凸显。古寺里的生活单调而纯粹，而古街那边就大不一样了。声色香味冲击人们的每一种感官，使人无法抗拒诱惑。好看的、好听的、好吃的、好玩的、好用的，所有的东西都在勾起俗人心底的欲念。五彩世界七色人生，俗人是不必界定的，可以统统接受，尽情享受。

常言道，九九归一。俗人也好，僧人也罢，尽管生活方式和内容大相径庭，但人生的最终目的却是一致的，那就是对于生命的体味、体悟与理解。正因为应了"殊途同归"这句老话，所以人世间许许多多貌似不相融的东西大都能够相融。如此看来，古街、古寺毗邻挨着互不相扰就不足为奇了，而那位紫阳真人曾在这喧嚣之地居住、沉思、悟道也就不难理解了。

古城行吟

　　离开古城临海到别处谋生已有些年头。不知从何时起，一汪心绪受那方山水的羁绊，竟有了"剪不断"的滋味。

　　古城有一种淡定的力量，抗拒着现世的浮华躁动，一路延伸传统文脉和历史卷轴。古城有一种沉厚、典雅、温存的东西，这种东西如麦香、如混沌的月色，弥漫着，萦绕着，仿佛渗透在空气中，让人无法抗拒。古城的风神韵格使我魂牵梦萦，灵江的波光水色让我思绪飘忽，于是，我的灵魂再也找不到更好的"码头"靠岸了。

　　总想给古城找一个恰当的比拟，左思右想，还是把古城比作一位婉约、内敛，且不乏悠远风情的少妇吧。清韵有致的少妇如同一篇美文，读起来韵味十足，意境幽远。岁月把少妇打磨成了一块温润的羊脂玉，质感、色泽都无与伦比。少妇的步态有些散漫、随意，甚至稍显慵懒，但她有着不可抗拒的魅力。她疏离"时间就是金钱，效率就是生命"的现代观念，诠释一种独特的人文意识：固守优雅，不急不躁，安之若素。少妇的体内流淌着闲适、恬淡的血液。于是，她便有了一种境界，一种韵致，一股诱惑力。

　　把古城比作少妇似乎有点俗，那么，就把古城比作一幅气韵生动、笔墨疏淡有致的水墨画吧。尤其是雨季，烟雨蒙蒙中，穿行旧城的巷陌，踩着石板拼接成的幽长的古街，看青砖灰墙、雕梁画栋、飞檐斗角，看四合院里拄杖的老人、摇拨浪鼓的幼童及挽袖搓衣的少妇，看蔓上台阶的青苔、尘埃落定的木格花窗、梁上燕子弃置的旧巢，历史洇染而成的痕迹竟是如此入画、养眼，人便有了恍如隔世之感，旧日的情愫便同这丝丝缕缕的细雨润湿心房。历史遗存，历史言说，

承袭的千年风情，浓郁无华的本色生活，远离时尚的生活方式和节奏，这些显然不是一座城市的亮点，但这些东西就是城市的本质，足以垒起城市的厚度，诠释城市的深度。

"要挣那么多钱干吗？""钱是人生的终极追求吗？"在古城，你会不经意间听到这样的话语。然而，生活毕竟离不开钱，钱多了也不烫手、不咬人。闲适不等于懒散。在这座城市，同样可以看到忙碌的身影。忙碌与悠闲共存，现代与传统兼容，这是古城的一大特色。也许，在闲适的人群中，大多数人曾经忙碌过，挣钱的重负让人感悟到什么，然后解脱出来，成为知足常乐

　　的一员。闲适，终于成为人们的终极追求。泡茶楼、喝咖啡、玩古董、养花鸟、练太极、拉二胡、习书画、晨练、爬山、垂钓、闲聊……古城的人们总能寻找到一种闲适的生活方式。

　　也许，有人并不赞同这种散淡的生活态度和悠闲的风情，但我欣赏。悠闲、散淡，说不定是新一轮的时尚。在这块土地，疲惫的身心可以找到柔软的温床，并得到疗养；在这方山水，你会感受到王维山水诗般至淡的禅意。记得一位官员曾这样说过："双休日无论如何要回临海，到那里，我有一种舔伤口的感觉。"我惊讶于这位官员的话语和感触。也许，看上去蛮强大的人站在风口浪尖也会受伤。而这里的柔风细雨及安详的氛围便是疗伤的良药。

　　一座城市如同一个人，有内涵就不必过于张扬、喧闹，淡雅、深沉倒有一种含蓄美，而这种美会渐渐打动人、撩拨人，让

人迷醉。

　　有人问我："双休日回临海做些什么？"

　　我说："找一家能看风景的茶楼，约三五老友，跷起二郎腿，喝茶，闲聊，看浮世烟云。或者，起个大早，用双脚和心灵去抚摸古长城。"

叩访隋樟

　　一位寡言深沉的文友对我说：有空的时候，去北固山上看看隋樟。我细细揣摩他的话语，便选择了一个明朗的日子回古城临海叩访隋樟。

　　隋樟一身古风，一身沧桑。它虽古朴、苍迈，但依然蓬勃；它深隐、谦恭，宁静致远如一位彻悟的隐士。

　　大约一千四百年以前，它也是一粒普通的种子，不知道是散漫的风吹来的，还是觅食的鸟儿衔来的。它受命运驱使，落户在这并不肥沃但能充分享受到阳光的山土中。在某个春日，这粒积蓄了一冬力量的种子，从乱石缝中破土而出。它看上去与漫山遍野的幼苗没什么区别。作为植物，它无法选择安身立命之处，正像某些人无法选择自己的出身一样。它唯有接受，唯有坚守。它不知道日后将有怎样的遭遇和经历，将承载什么样的苦难。

　　岁月如陀螺般旋转。一千四百年后，一棵棵树木经不住风雨摧残，轰然倒下，化为泥土。树木的生命大抵脆弱，倒下后也极易腐朽，要不然怎么称"朽木"呢？而眼前的古樟，虽然挂着拐杖，毕竟经受了这么多年的风霜雨雪洗礼，又在壮年遭雷劈电击致残，但它挣扎着活了下来，而且活得健旺，具有傲视冰霜、蔑视苦难的超然气势。瞧，它不仅失去了臂膀，而且连躯干都残缺

不全，但它始终没有倒下，它努力着站成一道不屈不挠的风景。是不测遭遇，铸就它岩石般的身躯；是艰难困苦，练就它一身铮铮铁骨；是非凡的磨难，使一棵平常的生命得以升华，成为一棵神物，一个奇迹，一座丰碑，一面旗帜。

金色的阳光如瀑布般向大地倾泻。隋樟站在灿烂的光芒中，显得古朴、稳健、内敛深隐。它身上每一枚脉络优美的叶片，都闪烁着思想的幽光；它虬曲老迈的身体，散发出智慧的清芬。隋樟是深邃的、高贵的，它飘出一股淡淡的瑞香，如同哲人的思绪，亦如山神的灵气，轻曼舒卷，令人惊羡。

隋樟性情静穆、恬淡，一派从容自如、不亢不卑的模样。面对喧哗浮躁的时风，它不为所动，一身高古，保持刚毅和静穆。即便雀声四起、蝶舞蜂闹，它也是一副深藏不露的模样，让激情凝练，让情感沉淀，让意欲散淡，从而达到一种宁静致远的境界。

似乎是一种警示，在一片静穆中，它身上的数枚黄叶受到风儿或鸟儿的蛊惑，心旌摇荡，随风飘逸，它们本想凭借外力脱离牵绊，飞得高远些，却不料顷刻间丢失了自己，跌入山谷，化为尘埃。

静穆与静止是不同的，静穆是一种彻悟状态，不以物喜，不以己悲；不为拥有的窃喜，也不为失去的惆怅。平和地看待、对待自身和周边环境，不急不躁、不怨不怒，自然地舒展生命，承受阳光，承接风雨，默默地提升生命的高度和质量。

站在千年古樟下，情绪如山岚般弥漫。隋樟有思想感情吗？当它俯视如蚁般蠕动的人类时，它会不会暗自发笑？都说千年古树会成精，那么，成精的古树必定有着超乎人们想象的内功和灵性。自以为聪明、灵慧的人类，常常会小看身边的植物、动物，这是人类的错误和悲哀。人大都活不过"百年"，"百年"以后，他（她）们便和脚下的尘土没什么两样。人类自以为很厉害，以

为自身具有不少其他物种所没有的本领，于是人类往往自大、狂妄，征服欲膨胀。比如，人类为了丰富味觉，不惜在"海陆空"大肆捕杀生灵；人类为了眼前利益，不惜破坏生态环境。然而，人类因此招致许多灾难。如此看来，聪明的人类并不高明。相对于其他物种，人类毁损、掠夺得过多，奉献得太少。

风在絮叨，蚁在忙碌，人在树下走过。有人抬头看树，说：树在动。另一人说：是风在动。古樟静穆不语，镇定自若。此刻，远处传来了一种声音：不是树动，也不是风动，而是心动。

沙地桑乌

天是空的，地是实的。土地有一种不事喧哗、默默奉献的本色，有良家女子般朴素温存的质地。自古及今，无论厚土或薄地，都生长着各种好东西，供奉人类，使人类得以生存、繁衍、发展。

那个生我养我的村庄，依山傍水。靠近清亮亮的小溪边，有一片沙地。当年，那片沙地植满翠绿的桑树，繁茂的桑叶如同张开的手掌，绿油油的，仿佛涂上一层薄薄的蜡。在我的家乡，桑葚不叫桑葚，也不叫桑果、桑枣，而叫桑乌。桑葚熟透的时候，红得发紫，紫得乌黑，故为桑乌。每到桑乌成熟时，桑林里进进出出的儿童像忙碌的蚂蚁，他们一边割草，一边采桑乌，叽喳声、嬉笑声在绿荫深处穿梭。

暮色渐浓时，小伙伴们相互呼喊着名字从浓密的桑树林中钻

出来，彼此一照面，便乐开了。每个人的嘴唇都像抹上了"美宝莲"口红。口红的颜色各不相同，有浅红、绛红、紫红、深紫。有几位小朋友吃一肚子还不够，浅色的衬衣口袋里鼓鼓地藏着一大把，紫红色的果汁渗透出来。那时候农村没有洗洁精之类的洗涤用品，衣服染上果汁是很难洗净的，这样"不计后果"的小朋友往往会招来家长的一顿责骂。有几位细心的女孩采摘来深紫色的桑葚，就用大大的桑叶包起来，放在竹篮里。回家后，她们用桑葚的液汁作染料，把白棉线染成紫红色的，然后织成手套、钱袋、袜子之类的东西，这样，桑葚酸甜的滋味和诱人的色彩就被一双双巧手保存下来。

后来，这片桑林被毁，改造成麦田。再后来，麦田上建起了零落的青砖瓦房。我们这些乳臭未干的男孩女孩因此丧失了这片"伊甸园"。后来，母亲在我的央求下，在后院的一块菜地上移栽了两株桑树。其实，母亲移栽的不仅仅是两株桑树，她移栽的还是我童年的快乐和记忆。

这两株桑树长得枝繁叶茂。每年都果实累累，采下来有满满一篮子。母亲用蓝边碗分好桑乌，然后派我们兄妹分送给左邻右舍。桑乌依然是上好的桑乌，可我们总觉得桑乌没以前那么好吃了。

随着年龄的增长，我们家后院的两株桑树长得更加粗壮旺盛，结出的果实也更多了。但是，不知从哪年开始，我们都无心采摘桑乌了，前来闹腾的只是一些多嘴的麻雀。有时，几只不安分的公鸡、母鸡跳上枝条吵闹，呈现出陶渊明笔下"鸡鸣桑树颠"的闲趣景象。后来，我们家搬出这个村庄，住到了城里，那两株桑树早已被人砍掉当柴烧了。我知道，许多东西都会随着童年的逝去而消亡。

过了许多年，当我带着九岁的儿子重返故里时，那片长满桑树的沙地上早已盖满了各式各样的楼房。我指着一排排楼房对儿子说：妈妈小的时候，这一带全是桑树，每年初夏，树上结出的桑乌红红的、紫紫的、酸酸的、甜甜的，馋得人直流口水……儿子抬头问我：有草莓那么好吃吗？我看了看他，说：比草莓好吃。

有一次，我在菜场门口看到了久违的桑乌，大大的、紫紫的，非常诱人。我毫不犹豫买了半斤，洗净后给儿子尝尝。儿子吃了一颗后说：妈妈，这东西一点也不好吃。我也抓起一颗尝尝，觉得味道的确不怎么样。也许，是这桑乌品种不好吧。我们老家的桑乌肯定比这好吃，只可惜老家已找不到一株桑树。

我所能找到的桑树植在我记忆的沙地上，那片桑树长出的果子不叫桑葚，它叫桑乌。桑乌红得发紫，紫得发黑，它甜在我童年的唇边。

乡村多声部

在乡间老屋睡上一觉，早上醒来，感觉格外清新、美妙，记忆的碎片慢慢浮出脑海，渐渐变得清晰。

大伯一家是勤快的农民，天刚蒙蒙亮，大伯就扛起农具到田里干活。沉厚的杉木门发出"吱呀"的声响，他第一个出门了。紧接着，伯母踮着一双如三角粽子般的小脚，拎着打水的木桶到水井边，"扑通"一声，木桶击水的声音十分悦耳。在这前后，偏屋里的公鸡忽地想起自己的职责，伸长脖子发出长长的打鸣声。总是那只尾巴最长，雄赳赳气昂昂的大公鸡领唱，然后，其他的公鸡也争先恐后欢叫起来，声音嘹亮但不刺耳，有点像花腔女高音。

母亲伴着鸡鸣声起床，她穿好衣裤，跐上布鞋，回头掖好我的被角。我睡眼惺忪，问：几点了？母亲轻声说：才五点，再睡会儿。我闭上双眼，侧身继续睡去。不一会儿，我被清晨的序曲唤醒。舀水的声音，勺子碰撞的声音，洗涮的声音，泼水的声音，打喷嚏的声音，雏鸡在鸡笼里发出"叽叽"的声音，肥猪叫食的声音，桂花树上鸟儿叽叽喳喳的欢叫声，豆腐嫂子由远而近的叫卖声……

我起床披好衣服，跐上拖鞋到后院转转。后院是个百草园，断墙边盖一茅棚。茅棚十分简陋，三堵矮墙，顶上覆盖着稻草棚，南瓜藤蔓占了大半个棚顶，新开的南瓜花黄灿灿的，十分醒目，有数只蜜蜂发出"嗡嗡"的声响，正忙碌着。棚顶与断墙间斜挂着一张草帽大小的蜘蛛网，一只圆蛛扎寨在网中心，纹丝不动，它在等待倒霉的昆虫。就在我转了一圈准备回屋时，我听到一只肥大的绿头苍蝇瓮声瓮气地唱着歌，它一不小心就撞到蛛网上。蜘蛛略略接近猎物，然后静待。这张结实的蛛网让它胸有成竹。苍蝇边挣扎边呼救，声音渐渐变小，节奏渐渐变慢，死亡步步逼近。

吃过早饭，我们兄妹跟着母亲到自留地里干活。在村口，我们碰到了常常在邻近村庄转悠的货郎。"拨浪鼓"富有节奏的声音延伸了我童年的快乐。玻璃丝、蝴蝶发夹、花手帕、小圆镜等诱人的玩意儿都藏在货郎挑着的箩筐里。在物质极度匮乏的年代，拨浪鼓发出的声音是乡村妇孺最为期盼的乐音。

村口有条小溪，溪上卧着一座古老的拱桥。母亲从桥上走过，但我们执意要从桥下蹚水过去。溪水潺潺有声，游鱼历历可数，没长茧的双脚被石子硌痛，忍不住叫着"啊唷，啊唷"，但心中仍十分欢畅。颤颤巍巍蹚过小溪，只见溪岗上有两头老牛慢悠悠地边走边吃草，其中一头发出哞哞叫声，低沉的声音使人想起大提琴。一位老农肩头扛着农具，手里执一根竹条，吆喝老牛去耕田，那吆喝声想必老牛定能听懂。老农的傻儿子欢欢提着水壶跟在后面，一副笑嘻嘻的样子，他身上带着一把口琴，谁能料到，他是村里口琴吹得最好的人。口琴声与屋顶上的炊烟一样令人陶醉。

在溪岗的一侧，有一口不大的水塘，"白毛浮绿水"，——

027

二十多只鸭子在水面发出"嘎嘎"的叫声。看守鸭子的是一位被扣上"右派"帽子的作家，据说他的神经出了点问题，几乎不与人沟通，鸭子成为他最最亲密的伙伴。偶尔，人们会看到他扛一根特宽的扁担，前后各有数只鸭子飞到扁担上，队列齐整，像训练有素的特种兵。夕阳下，他吹起口哨，扛着鸭子（后面跟着一队鸭子），旁若无人地昂首行走于天地间，那是一种独特的人文景观！

　　池塘周边有成片的水田，稻子尚未灌浆。水田里的青蛙家族日见兴旺，仿佛有谁指挥似的，青蛙们正在齐声合唱，唱得富有节奏和韵律。有时候这边唱罢，那边又热闹起来，可谓是此起彼伏。蛙声如鼓，声声入耳，好不热闹。尽管听上去有些吵闹、嘈杂，但自然界的每一种声音皆能悦耳，不像刺耳的金属切割声、刹车声、喇叭声那般使人神经紧张，精神惶恐。

村庄后面那座不高不矮形如斗笠的"箬山"，也曾带给我不少欢乐。有许多次，我跟着哥哥和他的同学上山去观鸟、摘"红妞"（野草莓）。哥哥有个同学对动植物特别感兴趣，大家称他为"百晓"。"百晓"能从鸟鸣声中辨别出不同的鸟：百灵、山雀、画眉、黄莺、啄木鸟、喜鹊……这些悦耳的鸟鸣声，延伸了我对于自由的想象。

落日时分，村庄周边的山峰被夕阳浸染、涂亮，我童年的脚丫踩着落日的脉脉余晖回家。近村时，我放慢脚步，看到村口那棵香樟树的叶子像一枚枚金币熠熠生辉。和风吹过，树叶沙沙作响。风和树叶的对话，持续了千千万万年，但人类无法听懂。这棵树的树龄超过两百年，树干粗壮，枝繁叶茂，村庄里许多老人曾在树下乘凉，不少调皮的小孩用小便浇过树根。一阵"畅快"之后，顽童们在一片嘻哈声中作鸟兽散。黄昏时分，各种呼喊声此起彼伏：乌皮、毛狗、福贵、福妹等，这些是人名；阿乖、旺旺、咪咪等，这些是动物的昵称。此时，乡村好一阵热闹，不同音质、音高，沙哑的、清脆的、洪亮的、浑厚的、尖细的声音忽远忽近飘入耳朵。随着天空褪去色彩，墙头的杂草渐渐暗淡，热闹的声音也渐渐隐去，代之是太古般的宁静，偶尔能听到几声狗吠，狗叫声断断续续，一直持续到凌晨。

曾记得，一个月光如水的夜晚，一只花猫在屋顶上漫步，悄没声儿。午夜时分，那个封闭了自己心灵的"右派分子"吹响笛子，笛声细长、悠扬。这一夜，有人被笛声搅动心湖，辗转反侧，难以入眠；有人听出了忧郁、伤感，心灵一阵抽搐。第二天，人们得知，"右派分子"摘帽了。不久，他离开了村庄，从此杳如黄鹤。

杏黄色的四合院

　　一个杏黄色的午后，我们一家告别滋养了自己的土地，迁居到陌生的城里。记得那年我才 12 岁。那个村庄及村庄里的那个方形四合院，如同一枚印章印在我记忆的宣纸上，无论多久，都不模糊，不褪色。四合院里的风景和人物如同温馨的默片在脑际闪现。

　　推开厚重的杉木大门，狮头衔着的铜环敲响岁月的回音，回音带我进入四合院真实而丰富的生活。四合院开放式的厅堂颇具气派，一张厚实的雕花八仙桌居中，四周放着四把明式太师椅，线条简洁而流畅，扶手油光锃亮。厅堂左壁悬挂着叔公书写的一幅小楷书，都是一些训诫晚辈的词句，右壁则挂着几件日常生活用具：蓑衣、斗笠、米筛、鸡毛掸子等。厅堂高大的横梁下，一对燕子衔泥正忙，看样子，燕子夫妇的爱巢即将竣工。院落中的女孩看到此情此景，便会唱起一首歌谣：

　　　　　小燕子

　　　　　乖乖鸟

　　　　　主人家

　　　　　问个好

　　　　　不吃你家饭

不喝你家汤

只要一块巴掌地

盖间小房度时光

　　在我的记忆中，四合院充满生趣，是动感极强的黑白片，但
有时，它又是一幅泛黄的老照片，静美如同秋天的一枚黄叶，寂
然无声，唯有院落中那棵高大苍劲的老桂花树在风中轻轻絮叨。

　　居住在乡间四合院的那段日子，母亲正值壮年。她剪一头短
发，左边的头发用两枚发夹夹着，右边的头发自然地垂挂在脸颊。
她常常穿一件中式小碎花素色棉袄，领子高高的，很好看。在早
春温暖的阳光下，母亲踮起脚尖，把春节前腌制的条状咸肉挂在檐

下。不一会儿，金色的阳光如瀑布般倾泻下来，条肉便染上阳光温暖的色泽。数天后，这些条状咸肉便透亮起来。在物质极度匮乏的年代，这条状咸肉不亚于鱼翅、鲍鱼。一碗豇豆干、芥菜干，罩上几片薄薄的杏黄色肉片，那便是色香味俱佳的珍馐佳肴了。

在阳光朗照的日子里，正值少年的哥哥常常在屋檐下摆弄一些木工用具。他没学过木工，父母也不让他学，只希望他读好书，将来吃国家饭，但他就是喜欢与木头、刨子、凿子等东西打交道。他会利用一些边角料做出许多好玩的东西，比如：鸟笼、驳壳枪、陀螺、卷烟机等。记得哥哥制造的卷烟机属半自动的，挺好使，有一阵子生产出批量无商标卷烟，放在村口小店里卖，每月能赚几元钱，后来因为"割资本主义尾巴"，我们的市场经济行为只能草草收场。哥哥上高中后，便渐渐远离了这些东西。20世纪80年代初，他考上了师范学校，毕业后做了一名中学教师。

堂哥新娶的媳妇名叫美娇，她常常在屋檐下梳头，一头乌黑的长发散落下来，美如瀑布。新媳妇背过手去，把头上的瀑布均分成三份，编成一条粗大的长辫子，辫梢扎一个艾叶绿蝴蝶结，煞是好看。她走起路来腰肢扭动，长辫子也随之左右摇晃，十分"性感"。

听长辈说，儿时的我是个十分文气的女孩，一副乖乖女的模样，爱坐在屋檐下做"女红"。对于那时的自己，我确实记不太清楚，再说，我长大后也没显露出"女红"功底。我只能以旁观者的姿态记起别人的生活细节，比如檐下数位正值蓓蕾初开的绣花娘子。绣花娘子爱结伴，三五成群，搬来花架，在檐下排成L形。她们飞针走线，用巧手绣出荷花、牡丹、葡萄、鸳鸯、喜鹊等花鸟图案，然后集中送到绣衣厂。新媳妇美娇的绣花技艺虽一般般，但她肚子里藏着说不完的故事，因而人气最旺。她讲故事绘声绘色，有时过于投入便绣错了花样，于是便连声喊叫：百劫尽消，百劫尽消。接着，她便闭口不讲故事了。这时，等着听下文的姑娘一个个都急了，连忙央求道：接着讲，接着讲，等会我帮你绣三个时辰。于是，故事会又开始了。两个扎羊角小辫的女孩常立于花架旁，竖着耳朵听故事，有时忘记了父母交代的事情，其中一个女孩就是我。也许，我仅有的几个文学细胞，恐怕是那些绣花姑娘培养出来的。

在四合院，四季的感受尤为真切。天井的一侧筑有"花坛"，栽种着月季、海棠、矢车菊、桂花、蜡梅等花木，应时而开。整个村庄，就我们院子里的桂花树最年长，树林近百年，据说与逝去多年的叔公同龄。金秋花开的时候，整个院子弥漫在时浓时淡的芳香中。尤其是午后，在伞状的桂花树下放一张小方桌，几把小凳，一家人围坐着喝绿茶、闲聊，那真是俗世最甜美的幸福。桂花将谢之时，院子里四户人家约好共同打桂花，地上铺好尼龙薄膜、床单，然后用长长的竹竿穿入树枝，轻轻晃动，一场桂花雨便沙沙落下。打下的桂花均分到每一家，经加工制成桂花糖，常年保鲜，做羹汤或沏茶时放一小勺桂花糖，色香味俱佳。

四合院，仿佛是一方温暖的港湾、福地，无论出门在外经历了多少酸楚和风雨，一跨过高高的门槛，家的温馨便包裹而来，宁静、温暖、朴实的生活气息将人揽入臂弯，任何时候都不会迷失自己。住在城里这么多年，我依然怀念四合院里的一切，我会悄悄潜回梦中的四合院，捡拾年幼时来不及带走的东西：一件贴心小花袄、一盏煤油灯、一方小手帕、一本连环画、一双保持着阳光与稻穗记忆的旧草鞋……

母亲是一棵老树

　　无论我走到哪里，我的根系依然和一棵老树相连，那棵老树枝繁叶茂，阳光朗照，仿佛是温暖的毡房。

　　二十多年前，我大学毕业，便在城里安家，然后把母亲从乡下接过来。记得当时母亲说了十八个理由死活不肯进城住，我们全家数张嘴苦口婆心日夜做工作，最后母亲勉强同意。母亲说：试试看吧，要是不习惯，我还是回家住。我说：妈，城里就是我们的家，那是我们的新家，乡下只是我们的老家。母亲说：城里的家不像个家，没有水缸、镬灶，没有一块菜地，也没有邻舍串门，那个家只是个鸽子笼。听着母亲一席话，我们只好摇头苦笑。

　　母亲大约在城里住了两个礼拜，她就悄悄回乡下。她不习惯楼上楼下不相往来的生活方式，不习惯穿坡跟鞋踩在坚硬的水泥地上，不习惯吃过饭洗过锅端坐在电视机前，不习惯听不到鸡鸣狗叫，闻不到牛粪与青草混杂的气息，更不习惯站在阳台上只看到一条狭长的灰色天空，却看不到淡青色的炊烟、缓步行走的老牛和绿油油的庄稼。

　　有好长一段时间，我们夫妇俩都在城里（新家）与乡下（老家）之间穿梭。有时，母亲也到城里住上三五天，像个客人似的。当她觉得不"自在"时，便匆匆拎起包回"家"。在母亲心中，只

有与故土、庄稼、野草、乡音、鸡鸣狗叫连在一起的家才是真正意义上的家。

数年后，我有了儿子。母亲放心不下，终于下决心住到城里。她一把屎一把尿地照顾着自己的外孙，里里外外忙碌着。渐渐地，乡思渐淡，新家的意识渐浓。母亲开始像一根青藤，慢慢地在混凝土上扎根。其实，母亲更像是一棵老树，我们的小巢就筑在老树的丫杈上。艰辛的母亲使我联想到后山的一棵千年古樟，它经受了这么多年的风霜雨雪洗礼，依然活得健旺，具有傲视冰霜、蔑视苦难的超然气势。是艰难困苦练就它一身铮铮铁骨；是非凡的磨难，使一棵平常的生命得以升华。母亲啊，你一直用母爱为我们遮风挡雨，让后辈体会到人间的至真至善至爱！

有一天，我们全家人围

坐在桌旁，商谈着把乡下的房子卖掉。这是每一户从农村迁进城里的人家必定要面对的一个问题。在这个问题上，父母亲的态度十分坚决。老家总共两间半房子，卖掉一间半，留下一间。父母这种"留有余地"的做法是很合乎情理的。在父母的心目中，有些东西得永远保留着，即便那东西已经没有实际用途。

每年清明节前后，我们全家老小都要回乡祭祖。趁这机会，母亲总要打开那间留下的老房子，搜出一些可用的东西带回城里，充实城里的新家。母亲的行为有几分像蚂蚁。搬来的东西有些倒也实用，如圈椅、茶几、筐子、瓶瓶罐罐等，有些东西就派不上用场，如石磨、米筛、面杖、锄头等，这些东西放在哪里都觉得碍眼，但母亲觉得亲切，舍不得丢弃。没办法，只好由她。

父亲退休后没事干，就学起种花养鱼。父亲请人在阳台右角焊上铁架，放上一些盆景，有兰、菊、月季、海棠、仙人球、茶花等，都是易栽的花木。母亲似乎受到启发，也请人在阳台左角焊上铁架，放上五六盆东西，有辣椒、蒜苗、韭菜等，都是些能下锅的东西。父亲对母亲说：你把田里的东西搬到家里来了。我这边叫盆景，你那边只能叫盆栽。母亲提高嗓门说：你懂什么，我看到大商场里就有把麦穗晾干插在花瓶上卖的。我附和着说：妈说得对，现在呀，城里人大都崇尚自然。乡下人在花瓶上插绢花，城里人在花瓶上插麦穗。插麦穗的才叫有品位。

在我眼里，母亲是蛮有品位的人，而且挺有个性。

过了些日子，母亲兴冲冲地告诉我们，她在后山附近找到一畦被荒弃的菜地，那块地土质很好，可以种青菜、白菜、萝卜、玉米、土豆、蚕豆等。这下，父亲也很来劲，他帮着母亲拣出闲置多年的农具，然后踩着三轮车出发了。

　　父母终于在城乡边缘找到了一块菜地，那块菜地不仅可以种瓜果蔬菜，还可以种上浓郁的乡思。也许，菜地还能使家生根。有根的家才是真正意义上的家，有老人的家才是完整和融的家。

静水流深注笔墨

明末张岱曾说："人无癖不可与交，以其无深情也；人无痴不可与交，以其无真气也。"癖，可以理解为一种根深蒂固的信念，一种超越于凡俗的坚执，一种沉潜中的追寻。沉潜内修，沉潜创新，必须舍弃现实种种诱惑，才有可能体悟到艺术的真谛，修得正果。卢乐群先生的书法，正是其耐得住寂寞，几十年如一日孜孜以求，才达到蓄深养厚的艺术高度。

卢乐群，1942 年生，浙江临海人。书法受业于沙孟海、陆维钊诸先生。书法作品曾获全国群众首届书法比赛二等奖、全国四届书展二等奖、全国五届书展全国奖、全国三届中青展一等奖、国际赛克勒杯一等奖，曾被书坛誉为"获奖专业户"。近年来他相继在北京中国美术馆、日本东京《朝日新闻》会馆、新加坡书法中心等地举办个人书法展，饮誉海内外。出版有作品集 2 册，发表《民间书法的启迪》等多

◎卢乐群

篇论文；历任浙江省书法家协会副主席、中国书协创作委员会委员、台州市文联主席、台州学院客座教授等职。

卢乐群的书作因既具有历史的、古典的韵味，又富含着强烈的时代创新色彩而为世人所重。

一个人的成长或多或少都会受到地域的影响，千年古城临海的灵山秀水滋养了他温和而坚韧的性情，亦柔亦坚的地域基因深深潜藏在他的血液之中。卢乐群家学渊源，其祖父曾在杭州图书馆工作，1949年后回到临海。祖父擅长书法，卢乐群幼年即在祖父指导下临习历代名家字帖，打下扎实的功底。卢乐群一往情深回忆起祖父当年手把手教自己习书的情景：记得有一次，我突发奇想，打破常规，断开相连的笔画，造成似断非断的视觉效果，受到祖父的夸奖。祖父常常用"头碗菜"来比喻习书的重要性，而童年的我也深深悟到这个道理。在一起习书的小伙伴中，我是最用功的一个，小小年纪手上就有了把笔痕，这让我很是骄傲。尽管有时也会调皮偷懒，但内心还是深爱书法的。卢乐群至今记得祖父有一个半新不旧的皮箱，里面有其珍爱的书籍、字画，有沈尹默、徐悲鸿等大家的作品，也有父亲留下的精美书法作品。儿时的卢先生总是对那个宝箱充满想象。

回忆起父亲，卢乐群神情凝重。父亲爱好书法，写得一手好字，而且与于右任、沈尹默等书家交情深厚。后来父亲去了台湾，卢乐群的青少年时代为此受到牵累。卢乐群做过临时工，卖过柴，拉过车，拌过水泥。他给自己起了个笔名：卢樵。

"文革"十年中，卢乐群一家受到冲击，收藏的书籍、字画被毁，找工作受到歧视。他也曾迷茫、彷徨，但他心中有一股不向命运低头的倔劲头，他对书法的探索没有停止。卢乐群暗暗对

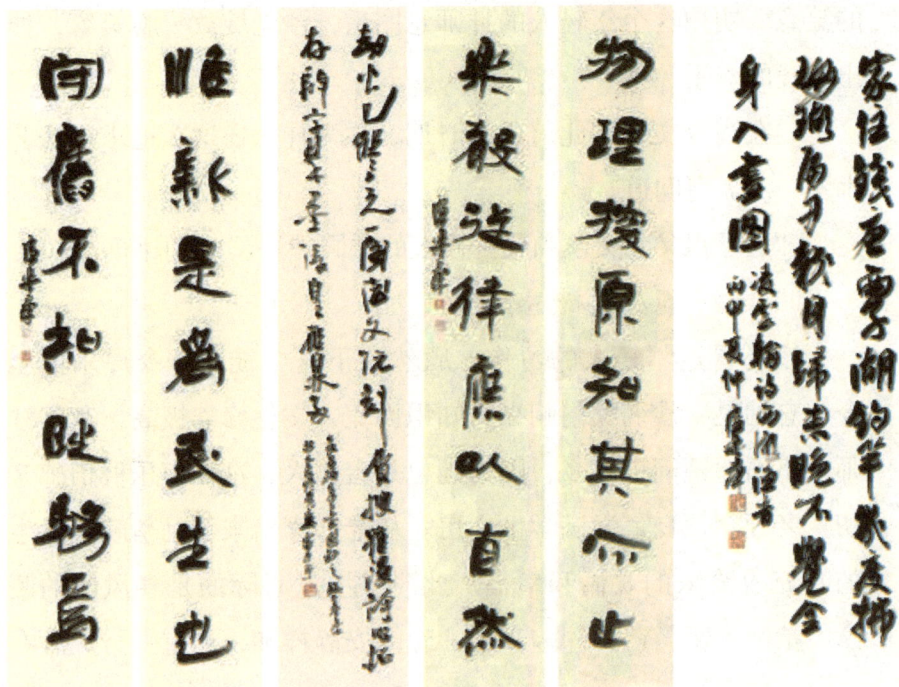

◎ 卢乐群作品

自己说：我要扼住命运的咽喉，等待转机。

卢乐群人生中几个重要的良师就是在这段岁月中结识的。沈敦五先生是宁波师专校长，此时已退休在家，他的文学素养极高，尤擅诗词。许良奇先生是中学语文教师，也有很厚的文学功底。乡贤朱在勤先生对于书史与理论研究颇深，不仅传授知识，还教给学生许多为人处世的道理。他们对艺术的执着和朴素的人生观、艺术观深深影响了这个年轻人。

经朱在勤先生指点，卢乐群决定去杭州拜谒沙孟海先生。

1972 年秋，卢乐群怀揣梦想来到杭州，找到了龙游路 12 号沙孟海先生的家。站在写满历史痕迹的屋檐下，年轻人犹豫片刻，然后鼓起勇气敲门。一代宗师沙孟海开了门，脸上挂着询问的笑意。明白这个年轻人的拜师意图后，沙老绽放一脸笑容，伸出温暖的双手。

"在当今文化如此萧条的时期，你为什么还这么追求书法艺术？"沙孟海问道。

"这是祖父、父亲和我三代人的共同爱好。"卢乐群回答。

"吾道不孤。"沙老感慨道。

沙老看过年轻人的习作，欣然收下这个徒弟。令卢乐群至今难忘的是，沙老嗓门响亮，知识面宽，文化修养极高。其间沙师母不断插话问讯故乡，因为她也是台州人，这使卢乐群倍感亲切。老师灌顶良言溢满学生心房。从老师家出来已是傍晚，学生的心充盈浓浓的欢愉和幸福。此时，漫过心际的是春风般的暖意，抬眼远眺，蓝天深邃高远，晚霞安静祥和，还有一行大雁在天空飞翔。

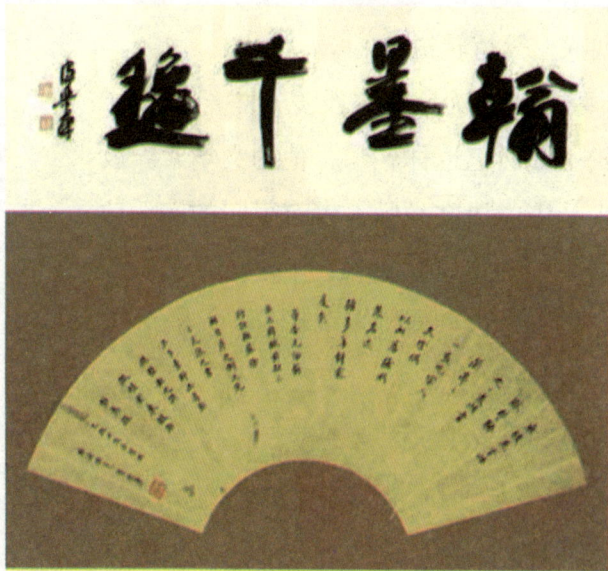

◎ 卢乐群作品

翌日下午，卢乐群再次来到沙老家，请教大师。"看沙老写字，运笔大开大合，势如横扫千军，令人叹为观止。"后来，经沙老介绍，他又认识了陆维钊先生。就在陆先生家，他与书法名家朱关田相识，后来还成为至交。

有幸得到沙老的悉心指导，卢乐群如逢甘

露，茅塞顿开。他凭借雄厚的文学功底，躬身求索，广泛涉猎艺术精髓。从书法概论、汉字的创造与书法的产生，从字体结构、章法布局等方面，他用一种饥渴的眼光细细打量，不停研习、思考、领悟，全身心地投入到一种超脱的境界之中，沉浸在翰墨字香中。

佛教对中国的书法艺术产生了巨大的影响，与书法艺术在思维方式、情感体验等各方面是相通的，而佛教的精神内涵也不同程度上渗入了中国书法艺术。从骨子里来说，卢乐群是一个深受传统文化影响的文人，但和"居庙堂之高则忧其民，处江湖之远则忧其君"的儒家不同，他追求的是一种自在、自得、适意、畅达的艺术境界。卢乐群年少时便对佛教产生了浓厚的兴趣。禅宗空的境界，王维、陶渊明等诗人饱含寂静空旷之感的诗景契合了卢乐群的心境。"结庐在人境，而无车马喧。问君何能尔？心远地自偏。"

有了高妙的领悟能力，卢乐群自然而然进

© 2004 年，新加坡书展

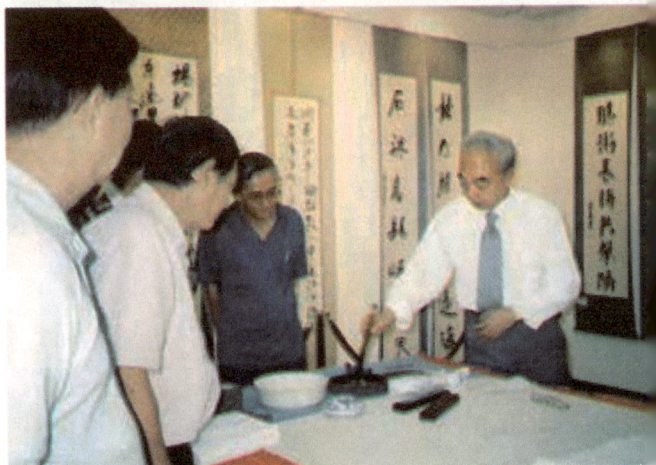

◎ 2002 年，日本东京书展

入一个崭新的艺术天地。虚静恬淡游于艺，澄怀观道写人生。他把自己的个性、气质、情思渗入创作之中，与笔墨交融，静静地守着自己心中的精神家园。卢乐群是走碑帖交融书法之路的第三代书法家中的杰出代表。

卢乐群身兼书法家与企业家两个身份。无论工作多忙，他必定保证每天 5 小时以上习书，揣其精髓，悟其真谛。对于卢乐群，做企业更多的是一种承担责任，作为领头羊，必须对员工负责，而且要负责到底。

一份责任，让卢乐群成为合格的企业家；一种使命，成就了一位书法大家。

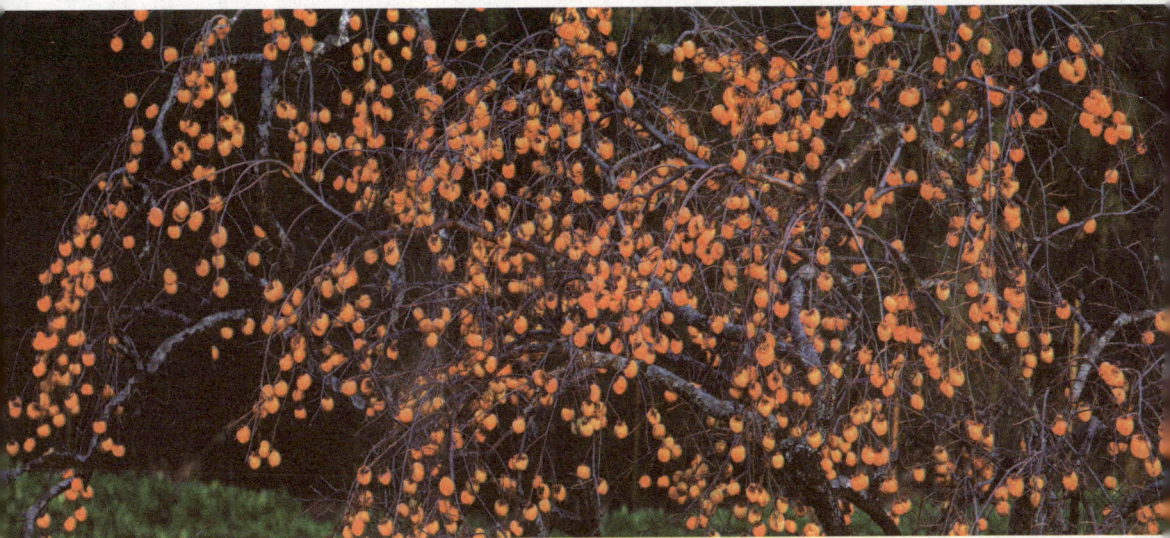

亦秀亦豪倾情怀

　　一泓秀水，可动可静，亦柔亦坚。水是智者，教会我们如何看待人生沉浮得失，使人懂得处安不怠，处顺不狂，处变不惊，处逆不馁。

　　一棵樟树，扎根在并不肥沃的黄土中，却长得枝繁叶茂，郁郁葱葱，从容自如、不亢不卑。

　　水之秀美，树之豪气，柔婉中带点刚劲，刚健中透出雅致，这便是著名女作家钱国丹的文风和特质。

　　最近，我的书橱里新添了两本书，一本是漓江出版社出版的《2007中国年度小说选》，另一本是钱国丹散文集《又见炊烟》。前者是一本十分厚重的书籍，遴选了当今文坛十余位著名作家的小说精品，其中钱国丹的中篇小说《快乐老家》赫然在目。后者是由人民文学出版社出版的散文集，洋洋洒洒二十余万字，这本散发着油墨清香的散文集如炊烟般氤氲着一种故园情愫，使人心弦震颤。在我的书桌上，还放着一本新到的《小说选刊》，钱国丹老师的中篇小说《惶恐》再度入选。我把这些书刊整在一起，厚厚一大摞。丰硕的创作成果，凸显出她厚实的功底、充沛的精力、勃发的才情和淋漓健笔，敬佩之情油然而生。

著名作家周涛说："文化的活动保存在山野民间，即不断地、有意识地汲取源头活水，是一切文学家、艺术家拒腐防惰，保持创作活力的重要途径。"钱国丹老师深谙其道，她的目光执着于那方地域色彩浓郁的故土，那里的山山水水、一草一木、男女老幼都鲜活在她的脑子里，小人物身上发生的故事烙在她的心坎里，她和他们同歌同哭，共悲共喜。钱国丹老师触角敏灵，目光锐利，许多本真、朴素、有质感、有价值的东西都被她悄悄收藏起来，经时间沉淀、淘洗，有意思的人物便从她笔端跳出来，走到读者面前，带着浓郁的乡土气息和地域色彩。她笔下的人物是如此鲜活、生动。"家常絮语"，皆成文章，貌似随意，实则很见功夫、技巧。

钱国丹老师作为小说、散文两栖的女作家，兼具了阴性思维和阳性思维的特质，她的颖悟和智慧常常给读者以惊喜，其"亦秀亦豪"的艺术风格是许多女作家所难以企及的。"扬之有豪气，抑之有秀气。"她的豪气源自她开阔的思维、宽广的视角、强烈的现实感和人文情怀。诚然，钱国丹老师是一位思想型的作家。基于良知和责任，她为生活在底层的弱者"代言"。她在渲染苦难的同时，努力传达人性的温暖，涂抹几许理想的亮色。

　　小说《快乐老家》是一篇追求理想的人间秩序和高尚情怀的文学作品。西慧玲教授评点说：这种写作方式的获得，来自作者浓厚的理想主义色彩。在民心散落的现实面前，作者的信念依旧、期待依旧；期盼以虚构的小说中蕴含的理想之花来完成有力的主流意识灌注。理想不是沙滩上的彩球，而是坚实大地上的花朵。阅读中，我们的感动随着小说的行进油然而生：作者以自己的仁爱之心和悲悯之情去切身地感受这个权力交织的世界上，有一颗高贵的灵魂是如何地惶恐、痛苦、战栗，直至为民付出。美国著名的文化学者詹姆森认为："所有第三世界的文本均带有寓言性和特殊性，我们应该把这些文本当作民族寓言来读。"我们确实需要寓言，因为一个民族的寓言，往往寄托了它的最朴素的理想与判断。只有让这个民族对现实还寄予希望，它才会有继续前行的动力。当这种理想浮现出读者的视野，会唤起我们心灵深处升腾的一种比自身强大得多的声音，让我们如醍醐灌顶般纳受这股清流，洗涤我们的龌龊，引领我们重返温馨、关爱、信任的家园。

　　有一种声音，也许你没有听见，但真真切切存在。钱国丹老师在小说《惶恐》中为失地农民大声呐喊。这篇小说标志着她创作的一个新的高度，它不仅透视出作者对现实生活中农民的生存方式的一种全新的理解，还明示了失去土地对农民生活的摧残与扭曲！农民是这个世界上最普通的树，而土地是农民的根。当一棵树失去了根，就意味着它生命的结束。同理，当农民失去土地时，也意味着剥夺了他们生的希望。主人公用沉默承受着命运的改变。他努力使自己顺应这个时代的变革，一次次地选择着新的"工作"，但却在欺凌与绝望面前束手无策。他承担了许多的屈辱，却无力反抗。主人公的忍耐在经过时间的淘洗侵蚀后，终于没有显示出某种具有神话般魔力的精神，而是逐渐蜕变为惶恐。在农民的惶恐面前，我们不安，我们为社会的发展而羞愧！

如果说，钱国丹老师的小说让我们读到"疼痛"和"刚度"，那么，她的散文则让我们感受到"爱意"和"柔情"。她写万物生灵，自然之美，写出心弦之震颤；写人情冷暖，世情物理，写得精辟到位；写陈年旧事，故园情结，写得真挚感人。且看下面几段：

汽车在稳稳地前行，山前的炊烟，山后的炊烟，像喷涌而出的牛奶，给人温馨，给人满足；那晃动的姿态，像藏民舞动的哈达，那样的圣洁，那样的飘逸。(《又见炊烟》)

一些老农还是坚守着自己的蓑衣，像坚守着同甘共苦了一辈子的结发老妻。坚守着一种安全和踏实。(《农家蓑衣》)

篇篇如幽兰，字字若珠玑。品读钱国丹老师的作品，会有所

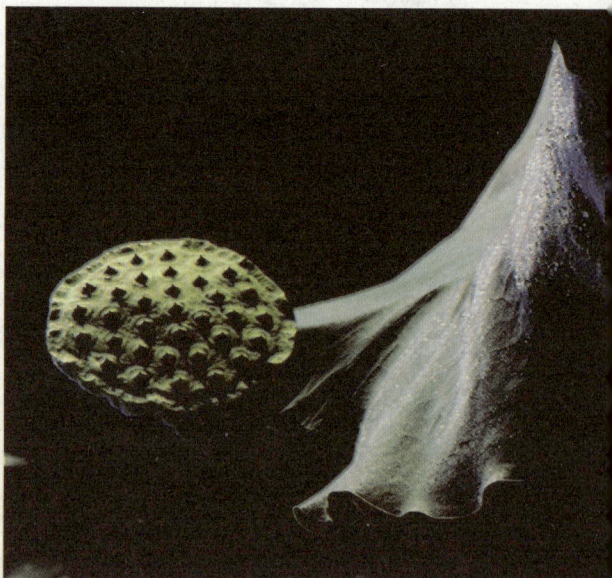

感悟，有所探求和穿越。感觉冥冥夜色中，一豆灯火时隐时现，让人心驰神往。

创作是一种情不自禁的冲动。一个作家能长期保持这种冲动是非常难能可贵的。对于钱国丹老师而言，文学创作成了她心灵驰骋的一种方式。厚实的生活滋养了她的文学细胞，使她拥有创作的不竭源泉。每隔半月或一月，我和她相约在一家小餐馆。大多数情况下，她会情不自禁地谈她新作里的人和事，谈得津津有味，激情喷涌。作为小字辈，我由衷地敬佩老师的勤奋和执着，真切地感受到一个作家的使命和承担，以及对文学的自觉和不懈。

人立水之湄

　　霜降已到，秋草渐渐暗淡。忽而性起，独自穿过狭长的紫阳街，于薄暮时分立于灵江边。风吹乱一头长发，凉意侵入肌骨，思绪如蛛网般颤动着。

　　灵江的水声不绝如缕，如同江南丝竹般舒缓、幽鸣。灵江水是神奇的，潮落的时候，一江秋水东逝去，水及一切漂流物都"随大流"；潮起的时候，水与水在暗暗较劲，逆流而上的水渐渐占了上风，其力量相当强大，显示出阳刚之美。水，竟有逆流而上的时候，既如此，那么人呢，尤其是年过不惑之人，也该有"低就"的理由吧。不妨抛却俗累，退隐一隅，无牵无碍，向内追求，觅得一种自在、适然的生活。作为一个小人物，"即使没有神的信仰，也可以保持精神上的追求"。这是斯多葛派哲人所追求的生活，是一种摆脱了激情和欲望、冷静而达观的生活态度。他们认为痛苦和不安仅仅是来自内心，仅仅是庸人自扰，而这是可以由心灵加以消除的。他们恬淡、自足，一方面坚持自己的劳作，把工作当成自己的应分；另一方面又退隐心灵，保持自己精神世界的宁静一隅。

　　不远处，一位长者临水垂钓，鱼儿迟迟不上钩，长者不急不躁，气定神闲。他使我想起临水垂钓的姜太公。姜太公本来也和凡夫俗子一样弯钩钓鱼，可是，某一天，一条性格倔强的鱼改变了他的垂钓方式，同时也使其身上涂抹上一层神秘的文化色彩。

那是夏秋之交的一个清晨，河面上氤氲弥漫的水汽渐渐退去，清澈的河水倒映着五彩斑斓的杂木林。姜太公携小童来到河边，才一杆烟工夫，一条鲫鱼三条鲢鱼相继上钩，不过个头都不大，有三四两重。姜太公放下烟袋，继续垂钓。约略过了一刻钟，他钓上了一条足有一斤重的扁鲫。小童欢叫着把鱼从钩上摘下，放进盛有半桶水的木桶里。可是，这条鱼非同寻常，它从木桶蹦到泥地中。姜太公甚为诧异，他捞起这条鱼细细察看，发觉它与别的鲫鱼并无两样，只是目光有点通人性，与人对视时，一副哀哀怨怨的样子。姜太公动了恻隐之心，他把所钓的鱼全部放回水中，别的鱼一入水便游走了，唯独这条鱼迟迟不肯游去，仰头凝视姜太公良久，似有千言万语倾吐。姜太公挥了挥手，说了声"去吧，去吧，自由本属于你"！那鱼似乎听懂了人话，摇着尾巴渐渐远去。

此后，姜太公临水垂钓，鱼竿上必挂直钩，也不放鱼饵。姜太公钓的不再是鱼，他钓的是一种感觉，一种境界，一种思想。

一条鱼，成就了一位带有神秘色彩的伟人。面对眼前小夜

曲般舒缓的江水，我会情不自禁联想到故乡村口的那条像白玉带般的小溪。溪水汩汩的细响仍在耳边，亲切的水声像是亲人的低语。春日的傍晚，与割草的小伙伴一起挽起裤管蹚过小溪时的情景历历在目。那潋滟闪烁的溪水，悄没声儿地从脚脖、脚趾间滑过，那种透心的清凉，至今叫人难以忘怀。有时，灵动的小鱼会啄着脚趾，给人以舒心的微痒与灵动。当你弯腰的瞬间，如精灵般的小鱼会溜之大吉。我非鱼，也知鱼之乐。童年多纯真、美好，鱼乐，人也乐。

童年光阴，早已随着泠泠溪水远去。青春的日子，也随着一江秋水流逝。逝者如斯，四十多年光阴，弹指一挥间。人生到了秋天，心境宁静如一江秋水，一朵秋菊。风起时，只会稍起涟漪，随后复归平静。

　　伫立江边，我唯有沉默。与水相对，与人相逢，都源于一个缘字。茫茫人海，驻足相望，读懂彼此的眼神，却只留下一份牵挂，几丝惆怅。欣赏的不一定要得到，喜欢的不一定要拥有。珍惜眼前，这是做人的道理。感谢水的滋润与启迪，感谢或亲或疏的人带来的人生百味。

　　暮色中，龙兴寺的钟声渐近渐远。斜阳下，江水洒上点点碎金，凝重的水面闪烁着点点温暖。秋风吹过，如银鱼般的柳叶在轻轻颤动、细语。我挥了挥手，回家做饭。

心房纤颤

　　初春时节，惠风和畅，空气湿润。我们一行五人，迈着浪漫主义的步态，行走在东湖古典主义的廊檐下。周围的一切萌动着春意，玉兰树粗糙的枝条擎起如羊脂玉般的花盏，柳树爆出粒粒嫩芽，千丝万缕如哈萨克姑娘的长辫子，小草一片片返青，就连脚下的青石板，也在人们一不留神时披上淡绿的苔衣，如同顽童随意涂上的一抹水彩。我忽而想起了一句诗："云为山绮想，苔是石留言。"我已记不起诗人的姓名，但他的诗句

我收藏了。

我们步态悠闲，话语不多，享受着春阳、春风。我不知道他们心里想什么，但我的心里已充满了感恩，就为这初春八九点钟的阳光，为鲜嫩的叶芽和花朵，为鸣啭的鸟声，为如水的风儿，为触动人心房的一切事物，为一生中竟有如此美好的上午。于是，我觉得这般活着是造物主的一种恩惠。

知足的不单单是我，应该还有别的生灵，比如水中的鱼儿，花丛中的蜜蜂，忙着筑巢的春燕等，它们的快乐一定不比我少，它们没有理由不快乐。春燕的快乐，我仿佛能感受得到。早春二月，雄燕便早早来到故里，择梁（檐）而栖，当它的女友到来时，新房有了一定基础。于是，一对年轻的燕子情意缠绵，憧憬着未来，在幸福和希冀中忙碌着。它们衔来泥土、草茎、羽毛等，混上唾液，砌起半碗形的爱巢，然后过起有板有眼的家庭生活。我不知道燕子夫妇能否做到白头偕老，但我坚信，它们相守之时，

作为情侣，爱意浓厚，作为父母，相当尽心尽责。小燕子乳臭未干，整天闭着眼睛，张大嘴巴嗷嗷待哺，双亲进进出出，不辞辛劳，一次次衔来昆虫，饿着肚子也舍不得吃，喂饲幼鸟，直到子女们羽翼渐丰，离窝远翔。燕子夫妇同心同德、风雨同舟的精神足以令人感动。

我们走过九曲桥，停下脚步。颜色鲜艳的鱼儿在桥下跃动，而不远处的玉兰花倒映在水面上，若隐若现。我突发奇想，轻声低吟："鱼儿在水中绽放，花朵在水面游动。"

我们举步来到依水山庄，隔着玻璃细细欣赏名家书法碑刻。忽地，一只模样类似八哥的灰鸟如箭般俯冲下来，透明的玻璃误导了它，使它把自己的身影看作同类。也许，在这高楼林立的城市，它好久没看到同类了，于是，它激动，甚至亢奋，它要立马前去打招呼……"砰"的一声，它撞到了坚硬的玻璃，身子沉沉跌落在地。小马惊呼一声，我们全都急速围了过去。我蹲下身子，捧起灰鸟，手掌感受到生命的温热，心房一阵纤颤。细细观察，不见伤口，只见它的头歪在一边，双目微闭。也许，它只是撞晕了。小马说："听声响，它一定伤得不轻。"哈敏、小朱都说："这些碑刻没必要装上玻璃。"康康说："它可能折断了脖子。"我不敢动它的身子，只是轻轻捧着，希望它快快醒过来。过了三四分钟，鸟儿睁开眼睛，动了动身子。我轻轻将它放到地上，试图让它站起来，但不行。康康拿出一瓶娃哈哈，倒一点在手掌心，送到它嘴边，但它没有张口。小朱认为没救了，叫我们放弃，可是，我和康康仍不死心。我们把灰鸟送到一棵冬青树下，让它躺在泥地里，康康找了些干草铺在它周围，我们希望转暖的地气带给它生命的活力。植物能

感受到的东西，动物也应该能感受到。记得小时候，在泥地上看到一只没了气息的狗，不多时，那狗竟然缓过神来跑了。我相信土地的神力。康康摘下数片菜叶，放在它周围，然后倒上娃哈哈，希望它能吸上几口。做完这一切，我们只得离开。过了好一会儿，康康问："这只小鸟会活过来吗？"我犹豫片刻，说："应该会。"我明白，12岁的儿子需要我肯定的回答。在这生机勃勃的季节，生命不应该轻易枯萎的。再说，阳光、地气有利于小鸟疗伤，娃哈哈、菜叶、小昆虫，能帮助它恢复体力，这只灰鸟没有理由告别蓝天、树林。

乡村男孩与女孩

　　男的扛着犁赶着牛走出家门，女的提着一桶泔水走过猪圈。两头肥猪嗷嗷直叫，翻扑的猪槽证明了猪远不及旁边兔笼里的白兔聪明。

　　女孩有六七岁，她从菜篮里掏出一把青草，均分给三只白兔。白兔身上几乎没毛，它们发冷似的簌簌发抖。就在昨天，它们被主人剪去了蔽体的毛发。皮之犹存，毛却不附。女孩见兔子

吃得欢，她又抓起一把青草分给它们。做完这些，女孩跨出门槛，找来三位同伴一起跳绳。女孩轻巧的身子蹦蹦跳跳，羊角辫子忽上忽下，口中还念念有词，说着"小白兔小白兔跑进来"。这一刻，天真绽放如花朵。

日光先是照见了墙头的几棵青草，然后晃动着慢慢往下移。不一会儿，一堵高高的砖墙及墙头草被阳光的油彩镀得锃亮。日光在墙根逗留了一会儿，然后像水一样漫过土路。女孩子们依然在蹦跳。这时，女孩的母亲伸长脖子呼叫女孩的名字。第一句，女孩分明是听见了，但她未搭腔。第二句，女孩应了一声，但这一声只有女孩及她的小伙伴听见。第三句，女孩不得不放下绳子应声而去。女孩的母亲指责了几句，然后把一壶茶水和一大碗的饭菜放进竹篮。女孩按照母亲的吩咐，拎着竹篮朝田野走去。女孩悠然自得，轻灵如燕。春天的田野风儿很软、很香，且有一缕甜丝丝的滋味。开红花的苜蓿和开黄花的油菜竞相斗艳，招蜂引蝶。女孩大口大口地吸着清香甜润的空气。忽而，女孩嗅到一股异味，她赶紧屏息。一位老农挑着一担猪粪从后面赶上。女孩停下脚步，让路给老农。远远地，女孩见父亲坐在田埂上吧嗒吧嗒抽旱烟。那头黄牛忙中偷闲，贪婪地吃着青草，长长的尾巴晃来荡去，不紧不慢地驱赶着身上的牛蝇。女孩加快步伐，走近父亲。

在邻近的田埂上，一个比女孩稍大的男孩正拿着一秆芦苇，把水田里悠然漂动的一条条蚂蟥集聚到一块瓦片上。正午的阳光有些热烈。蚂蟥的身子逐渐萎缩。男孩唤来女孩一起观察。男孩悄悄从裤兜里掏出一小包食盐，然后撮起几颗撒在蚂蟥身上。蚂蟥不停地翻转着身子，显得异常难受。女孩觉得好玩，也撮起盐撒上。蚂蟥由动转静，一条条缩成干豆状。男孩、女孩看了一会儿，顿觉无趣，便散伙了，各自朝反方向走去。女孩回头看男孩时，只见他挺着肚子，一泡尿撒成一条高远的抛物线。女孩捡起土块朝男孩扔去。男孩扭头一笑，一副得意扬扬的神态。

女孩的父亲吃完饭喝过茶继续干活。女孩拎起竹篮回家，半路上，男孩从麦地垄跑出来，在女孩背后扮一副鬼脸吓唬女孩。女孩十分生气，跺脚骂男孩。男孩欲讨好女孩，他在女孩背后吹起口哨。女孩头也不回。男孩捉起一只纺织娘放到女孩羊角辫上。女孩没发觉，男孩吃吃地笑。女孩瞪了他一眼。男孩骗女孩说，你头上有一条青虫。女孩用手抚摩头发，捉着了纺织娘。女孩很是珍爱，一路上把玩。男孩溜进自己家中，拿出一个用麻秆儿做的小笼子，笼子里面已经关着一只体形稍大的纺织娘。男孩拎着笼子到了女孩家。女孩看见男孩及男孩手中的宠物甜甜地笑了。男孩说："把你那只也放进来吧。"女孩照办。女孩说："大的那只是妈妈，小的那只是女儿。"男孩说："不对。我这只是雄的，你那只是雌的。"女孩瞟了男孩一眼说："不要脸。"男孩一脸疑惑，搔了搔头。

过了好些天，男孩家后门口的两株栀子花开得十分热闹。男孩跑到女孩家说：我妈说这花采下来拿到集市上能卖钱。女孩问："真的？"男孩答："真的。"男孩女孩一起采摘栀子花。他俩采

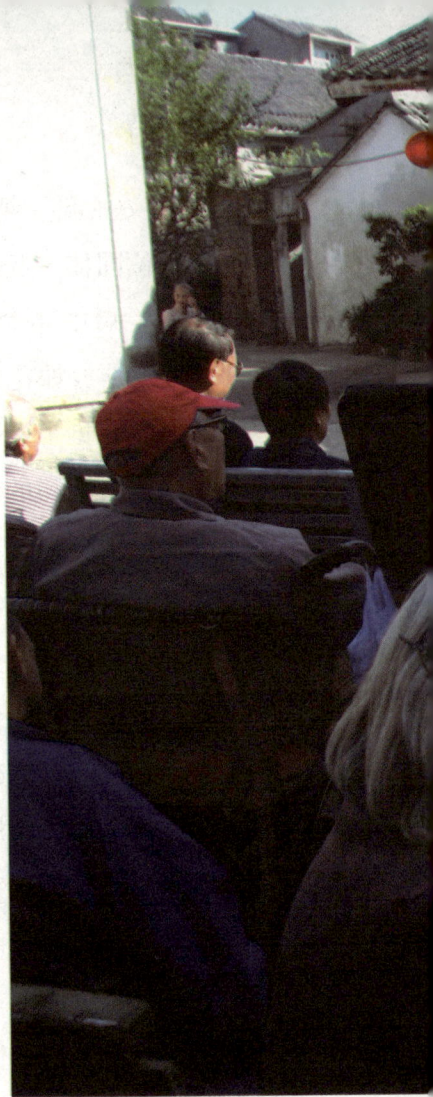

了半篮子，然后拿到集市上去卖。他俩不会叫卖，也不知道该卖啥价格。女孩十分聪颖，她看到有位阿婆也在卖栀子花，就挤过去问清了价钱。也不知过了多少时辰，篮子里的花卖得差不多了，他俩感到肚子饿极了。男孩把卖花所得的钱全部交给女孩。女孩买了三个锅贴两根油条，她交给男孩两个锅贴一根油条。男孩狼吞虎咽，还没嚼出什么滋味就全部下肚。女孩把剩下的钱交还给男孩。男孩说要买小人书，女孩执意说要交给大人。男孩拗不过女孩。

　　男孩回到家时，见母亲正亮起嗓子大声斥骂偷花贼。男孩本想说明情况，可他转而一想，便不作声。男孩上茅坑时，偷偷把余下的一元六角钱塞进墙洞，然后用石块堵上。男孩把这个秘密告诉了女孩，并要女孩严守秘密。

　　过了好些天，男孩、女孩都把墙洞里的秘密给忘了。过了好些年，男孩、女孩一起到镇中学读书，每个礼拜回家或返校，女孩的东西都由男孩挑在肩头。又过了几年，男孩、女孩各自走上不同的人生道路，彼此之间也就失去了联系。女孩嫁给了城里的一个大款，那大款离过婚，他大女孩 15 岁。而男孩成了男人，依然扛着锄头过穷日子。

　　一天，男人走进茅坑"办大事"，他发现一只黄蚂蚁高举着苍蝇的翅膀钻进墙洞。男人下意识地拿掉石块，竟发现了尘封二十多年的纸币和一群蚂蚁。男人感慨道：如今，连蚂蚁都知道往花花绿绿的纸币上钻，何况人哪！男人沉思良久，然后端起一盆冷水，朝蚂蚁窝上泼去。蚂蚁被一阵暴雨冲得四处乱窜，有的落荒而逃，有的直接丧命。

　　男人拾起原来那块石头，重又把墙洞封好。

村庄后面那座山

　　我出生的村庄后面有座山，那山如一顶苍翠的斗笠，村子里的人称斗笠为箬帽，所以也称那座酷似"斗笠"的山为箬山。

　　箬山上"住"着我的祖父、祖母，还有伯父、叔公等一大堆亲人，村中每户人家都有许许多多的亲人"住"在那边。对于那些把双手揣进衣袖，靠在墙根晒太阳、打盹、咳嗽的老人来说，住在村中和住在山里似乎也没多大区别。这些人经常用手指指点点，以平缓的口吻互相转告自己的"新住处"。某一天，其中的一位老哥没来得及告别一声就匆忙"走"了，这一帮老人就会打趣说："他呀，性子急，改不了，不打招呼就急匆匆上山喽，管杨梅树去喽！"

　　山上的"房子"虽比村里的瓦房寒碜些，但山上的"房子"地势高，视野开阔，躺在山上的人随时都能在暗处看见自家的后代扛着锄头赶着牲口在田里忙碌，也能看见袅袅炊烟漫不经心地飘过来，飘过去，这何尝不是一种安慰。前院的三叔公要"走"了，他握住老伴的手说：我们家的半亩自留地就在坟前，你来割菜的时候别忘了瞧我一眼。要是心情好，就唱首山歌吧，你年轻时爱唱的那首《杜鹃鸟》可好听了。后院的老六婆准备"上山"时，她对自己的儿媳说：清明时节，别忘了带蛋糕来，那东西软口，

我喜欢吃。

在晒太阳的人群中，有前院的驼背老五公，后院的歪脖子满叔，隔壁的烂脚根福……人上了年纪，一个个都像残枝败叶似的，不是被风吹歪了就是被虫蛀残了。偶尔会看见一位精神矍铄的长者混杂其中，他是我的祖父。祖父可算是村中的文化人。他看过不少古书，明晓事理，会测算风水，但祖父不能以一颗平常之心对待"上山"。祖父的晚年一直在院子角落栽种人参、白术、当归、熟地、甘草、百合、何首乌等东西。他不间断地喝着自己调配的中药汤，借此延年益寿。祖父终于活到 92 岁。有意思的是，他在弥留之际喝下去的不是一碗中药汤，而是一碗香甜的桂花茶。

每年清明节，父亲总要领着我们祭祖，坟前除了摆上杂七杂八的荤素菜外，一碗香甜的桂花茶是少不了的。哥哥还会给祖父点上一根中华香烟。香烟燃尽，炮仗响起，祭祖的仪式也宣告结束，一家人有说有笑地下了山。

杨梅花，开过年，杨梅卵子荡种田。芒种过后，杨梅由青转红。村中人称半青不红的杨梅为"屁红"。记得我 9 岁那年，蕙兰、

芳梅约我去割草。先是在箬山山脚割草，后来不知不觉地就上了半山腰。坟前坟后的草长得极为旺盛，坟前坟后的杨梅树也多，"屁红"的杨梅诱惑着我们，看一眼都直流口水。当时，除了杂草之外，山上的东西都属大队所有，包括漫山遍野的杨梅树及树上的杨梅，这些东西全由驼背老五一人管着。谁要是偷公家的东西，驼背老五就会把情况向大队书记汇报，罚款不算，劣迹还要在大队广播中播放。我们三个盯着"屁红"的杨梅看了许久，然后开始行动。驼背老五神出鬼没，他边追边喊，我们三人落荒而逃。刚逃出驼背老五的视线，我一不小心踩中一个浅坑，扭伤了脚。我不得不以撒谎手段欺骗父母，同时也使我落下一个礼拜的功课。这次遭遇使我加深了对箬山、杨梅、土坑的认识和记忆。

如果说，箬山是一顶大得失真的箬帽，那它宽大的帽檐上还残留着一段历史。对于大山来说，人不分贵贱，谁蹬直了脚都可以在山中找到自己的一席之地。但是，人毕竟有贫富之分。普通人家死了，不是用石头垒就是用砖头砌，后来生活水平提高了，有些人家肯花上大把钞票造起一座像太师椅似的坟墓显阔，但最阔也阔不过解放前的一位名叫卓麒的大地主。据说，卓麒曾动用民工上百人开凿山洞，耗时三个多月，在山洞里面建造了一座豪华"别墅"，室内家具摆设全是石头打凿成的，如石床、石桌、石凳等，吃的东西全用木头雕刻成的，如木鱼、木笋、木馒头等。卓麒来不及享用山上的一切，他在中华人民共和国成立初被人民政府镇压了，弃尸在十里之外的鼠山上。后来，批斗会议经常放在地下室进行。20世纪70年代初，卓麒的地下室又被用作防空地道，同时也成为孩子们的游乐宫殿。即使卓麒最有想象力，恐怕他也想象不到自己的墓地竟有如此广泛的用途。

庄稼之美

　　当一个诗人驻足路边，忍不住赞美庄稼时，多少有些矫情的味道；而当一个地道的农民蹲下身子，满怀深情注视庄稼、触摸庄稼时，这个农民多少有些诗人气质。

　　庄稼有多美，内涵有多丰富，脾性如何，只有细心呵护着它的农民知道。一丘麦地里的麦子在其成长过程中会时刻感受到田地主人温暖的目光，这种目光与阳光、雨露、肥料一样，已成为庄稼的养料。也许，没有这种目光，庄稼照样生长、开花、结果，但我相信，庄稼的感受是不一样的。农民扛着锄头去田地里转悠。有时，他扶起倒伏的秧苗，铲一把泥土压住露根的庄稼；有时，他把水渠里的清水引进来浇灌庄稼，庄稼虽然不会像人那样说出感恩、感谢的话语，但庄稼会给辛勤劳作的人尽可能多的馈赠；有时，庄稼人一屁股坐在田埂上，点燃一根烟，不经意地吐着烟圈，并自言自语，仿佛庄稼感官齐全，是他忠实的朋友似的。看着长势良好的庄稼在和风中欣欣然起伏，庄稼人的心中就升腾起绿油油的希冀和金灿灿的梦意。闻着家肥和庄稼的气息，庄稼人心中感到格外舒坦和满足。土地是庄稼人的命根子，庄稼是庄稼人的儿女。许多个黄昏，有些疲惫的庄稼人扛着晚霞行走在天地间，其神情、步态看上去与一个哲学家没多大区别。

庄稼有大美。庄稼之美是一种纯粹、质朴、无言之美，庄稼没有丝毫的伪饰成分。"吸天地之灵气，日月之精华"，这句话用在庄稼身上最合适不过。人间音乐无法与天籁相比，同样，花花草草之美怎能与庄稼之美相比。因庄稼显性的实用价值，不少

人往往忽视了它的审美价值。而农民不会，农民知道庄稼至真至美。庄稼美得实在，美得本真，美得大气。所以，农民不需要以匠气十足的盆景花草来点缀生活。

农民说，麦子多美，多神圣！农民从不作诗，因为他播种诗、生产诗。把麦子变成诗歌的事该由诗人去做。在乡村度过十五年光阴的诗人海子担当了这一使命。离开村庄的海子经常听到麦子拔节的声响，闻到麦香，感触到麦芒的刺痒。"乡村""麦子""大地"成为海子诗中最基础的意象。"当我没有希望/坐在一束麦子上回家/请整理好我那凌乱的骨头/放入那暗红色的小木柜。带回它/像带回你们富裕的嫁妆""全世界的兄弟们/要在麦地里拥抱/东方，南方，北方和西方……"麦子亡于海子，如同孤鸟亡于朱耷，兰竹亡于郑板桥，向日葵亡于凡·高。麦子、孤鸟、兰竹、向日葵，成为他们灵魂的符号。

有这样一种说法：麦子文明是北方文明，稻子文明是南方文明。稻子，成熟了的稻子，它的色彩不招眼，但很"养眼"，这是一种沉淀的黄色，朴实而明朗，与秋天的景色十分和谐。有风的时候，金色稻浪翻滚，大地灵动而充满激情，一阵阵成熟的气息扑鼻而来，并伴随着轻微的声响，而此时，天空湛蓝、明净，游动着几缕轻巧的薄云。晴空下，"你去看，遍地金黄；你去闻，满鼻稻香；你去听，风拂稻穗……秋天莅临，符号就是稻子，稻子就是全部"。此时，我仿佛听到两种声音：农民说，稻子是凝固的汗滴；诗人说，稻子是最美的诗行。

沐风听水

　　一位活得较为滋润、明白的朋友买了几间农舍，修葺一新后，请我去小住，并为之命名。

　　数间青砖瓦房，依山傍水，不施脂粉，简朴素雅。时值炎炎夏日，蝉声聒噪，热气蒸腾，而此处却有习习凉风轻轻拂过，格外凉爽。我不禁脱口而出："此处风水独好。"朋友微笑着点了点头。

　　房前二十余米处，是一条清亮亮的小溪，溪流弯曲如游龙，水清见底，游鱼、溪石皆历历可数。溪水潺潺，十分悦耳，赛过管弦之音。

　　房屋左侧是数亩葱绿的稻田，稻子正在灌浆。静下心来，仿佛可听见稻子吐穗、青草拔节的声音。田边种有木槿，它开粉红花朵，朴素文雅，随遇而安。这种花木既有观赏价值，又具竹篱功能。既不高贵、妩媚，也不招人眼红。木槿花，是一种贫民之花。不远处，一棵高大的苦楝树上停着数只小麻雀，远远看去，如同跃动的逗点或音符。麻雀是贫民之鸟，没有华丽的外表，因而也免去进"牢笼"之罪。小麻雀转动着机灵的小脑袋，叽叽喳喳，像在议论着什么。我想，人间世事，或许小麻雀心中全都明白。

山野之风真是宜人，它拂过树林、旷野，越过山冈、屏障，轻轻呜咽，飒飒作响。当你仔细聆听，风就会向你低语，诉说许多动人的故事，同时轻抚你的心灵。

未经污染的山野之水让人流连忘返。静坐溪边石，观看溪水流过圆润的鹅卵石，聆听淙淙水声，怎不教人心旷神怡。

能欣赏到这般好风好水，感受着大地的生机与欢欣，作为大自然中的一员生灵，就有足够的理由活得滋润、快乐。

好风宜人，好水养眼，庄稼茁壮成长，花儿尽情怒放，大地一派盎然生机。

有人告诉我，花朵在绽放的刹那间，会发出"噗"的一声。又有人告诉我，花朵是植物的性器官，花粉是它的精子。天哪，植物的性器官不仅如此美艳，而且酿出甜美的花蜜。这是多么令人惊羡的一件事！花朵的姿态及香气让我们想起了生机、活力和绽放的激情。

近观水潺潺，远眺山峨峨。此处莫非就是当年的音乐大师俞伯牙驻足之地？倘若俞大师打此经过，定会放下古琴，伫立风中良久，感慨万千。

指尖音乐怎可与天籁相比。伯牙沉醉于天籁，沉湎于天光、云影、山色及纯净的气息。正当伯牙忘却自我之时，一位名叫钟子期的樵夫打此经过。他用询问的目光打量着这位仙风道骨的操琴者。两人的目光相遇了。大师刚欲启齿，樵夫似乎明白了什么，他没有开口，只用手指了指高山，大师犹豫片刻，然后点了点头；樵夫又用手指了指溪水，大师又点了点头。对于某些人来说，语言是苍白的。心灵的撞击、交流根本无须语言。真正的知音亦非对一二首曲谱的简单诠释。知音，知晓的该是音乐之外的

东西。

    好风好水，尽在山野。我为朋友觅得一方风水宝地而庆幸。那么，此处就命名为"沐风听水园"吧。我意犹未尽，又作小记如下：

    风者，流动之形也；水者，悦耳之声也。城市喧嚣，久居心躁。亲近自然，寸心可安。依山水，毗田舍，筑闲室，读诗文。将就四时，顺随三秋。种瓜得瓜，种豆得豆。闲敲棋子，临水垂钓。晨起观山，暮归听水。人生淡定，风水宜人。

山　行

　　在城市马路边散步，汽车扬起的灰尘、吐出的尾气对身体不利暂且不说，那刺耳的喇叭声、嘈杂的人声、匆忙赶路的身影都会使人神经紧张。回想起去年下乡期间行走在乡野小径上的那份悠闲自得，便会忍不住感慨：要是有机会回到仙居上张乡散散步，那是多么舒心、愉悦的事儿，可惜这也成了一种奢望！

　　回忆在上张度过的岁月，最美的莫过于秋季。许多次，我搭乘论先生的小车去乡村。一路上，我们很少说话，不是因为矜

持，而是沿路的美景往往使人觉得语言是多余的。我把目光投向窗外，尽情领略掠过的景色。成排的白杨树在微风中闪着银光，犹如数不尽的山雀振翅翻飞。溪滩旁成片的芦苇在风中起伏，苇花如雪，有一种梦幻般的美丽。低矮的土丘上有几棵落叶的老树，可能是榆树吧，光秃秃的枝条有一种古朴、遒劲之美。老榆树，如同朴实、倔强的老农，默然承受风霜雨雪，抱怨少，奉献多。山丘旁有数间溪石垒成的小屋，外墙爬满结实的青藤。石屋前卧一条懒洋洋的黄狗，似乎在打盹。不远处有数位劳作的农夫农妇，想必他们是石屋的主人。他们的生活完全融入天地自然，少有纷争和挤压，不必计较沉浮升降，农忙时辛勤劳作，闲暇时枯坐屋前，累了便往草地上一躺，看青空、飞鸟和白云悠悠。乡下人，城里人，谁活得更自在更有幸福感呢？

若是从步路进入上张，一路上，你会欣赏到长卷般舒展的画面，水是流动的青绿，山是凝固的青绿，青绿是主色调，间杂红、黄、赭、紫、白等色彩，美得人一阵阵心动、心惊。印象最深的是一座圆锥形小山，山顶挺立着一棵少年般俊美的红枫。周边的树木大都半黄半绿，而那棵雄姿勃发的红枫浸染着水般霜风，径自殷红着，红得如此明艳、纯粹、醒目，有一种孤傲之美，让人失语。秋空一碧如洗，树叶光耀如火。此刻，论先生的车悄然停下，他犯了烟瘾。而我，则趁机跳下车，尽情欣赏大千美景。我边吹口哨边抽出路边的几棵狗尾巴草，心想：要是青花瓷瓶里插上几棵狗尾巴草，那该别具一番风情吧。在我遐想之际，田野上飞过几只白鹭，这种白色的精灵十分敏灵，专择灵山秀水而栖。目送白鹭远行，我抬头看了看青空，只见数片秋云如一抹抹飞白散落在素宣上。云是什么？从何而来？游向何方？在东方人眼里，云彩是轻灵、柔和、神秘的东西，驾云游走的往往是仙人。东西方神仙是有区别的，东方神借助云彩飞翔，而西方神大都长有翅膀。一片祥云，给人以无尽的想象，满足凡人超现实的憧憬。山是云故乡。云雾从山峦升腾，与天相接，高高的山峰在云里雾里隐约显现，山与天如此接近，仿佛触手可及，那里该是神仙出没的地方吧。神仙们无忧无虑，舞姿翩翩，衣袂飘飘，时而悠游于极乐天界，时而出没于深山老林，而凡人，只有仰视，只能"望云兴叹"。

在上张，有许多次，我独自信步闲走在冷寂的小路，没有目的，走到哪里算哪里。这是本真意义上的散步。我静下心来，审视、品味平日里忽略的东西，比如：田埂上不起眼的花草、路边爬行的昆虫、天空升沉的日月、山峦起伏的轮廓线、树木富有激情的姿态等。记得在一条小路上，我遇到过一位白胡子老人。他佝偻着身子，扛着一把和他年岁相仿的锄头，谦卑地行走在天地间。因为道路过于狭窄，我退到路边做出让路的姿态。老农看了看我，露出善意的笑容。擦肩而过时，老农用手指了指说：那边

有棵千年古树，叫红豆杉，你去看看。我惊讶于老农的话语。他怎么知道我这个外地人到此不是造访什么人，而是叩访一棵古树呢？看来，这是一位心里透亮的明白人。

我顺着老农所指，找到了那棵古朴、健旺的红豆杉。我定睛凝视这棵经历了千年风霜的古树，不由得产生一种敬意。红豆杉在风中摇曳着一种明朗的生命喜悦，其树干呈红褐色，枝丫横空舒展，条形叶齐整有型，樱桃大的红豆果红润诱人。据村民讲，这棵红豆树数年才结一次果。大家对这棵树很敬畏，谁都不爬上树采摘果实，要是捡到掉卜的红豆就如获至宝珍藏起来。在我看来，这棵神树正值壮年，毫无老迈、沧桑之感。在这棵健硕的大树面前，我等皆是匆匆过客。凝眸奇特红豆果，我想起了唐代诗人王维，多情才子写下绝妙好诗，供后人吟诵：红豆生南国，春来发几枝，愿君多采撷，此物最相思。相思树，诉说着凄美的相思故事。据《述异记》记载：魏惠王二年（公元前 368 年），魏惠王在全国征集戍卒到边境驻守，防止秦国进攻。其中一戍卒妻子盼不回丈夫，得相思病死去。戍卒妻子下葬后，她的坟上长出许多红豆杉，枝叶都向丈夫驻守的方向弯曲，从此人们把红豆称为相思子。相思子，颗颗都是多情女子滴血的泪珠啊！

红豆杉长在村口的一条小溪旁，是这个村庄的风水树、守护神。风来的时候，它会打破沉默，讲述着或悲或喜的陈年旧事，只可惜无人能听懂。青青溪流从高向低流淌，浅流细波弹奏出管弦般的乐音，袅袅炊烟升腾起人间暖意，洗菜的小姑娘挎着竹篮从石桥上走过，归巢的鸟、人叽叽喳喳议论着新鲜事……这一切，因为有了这棵红豆杉而显得别有风情和生趣。小小村落，因一棵古树而添了别样情韵。

绿了芭蕉

　　植物之中，与文人笔墨濡染较多的有梅兰竹菊，当然，还有芭蕉。

　　芭蕉之美，不在枝干，而在叶态上。蕉叶碧绿如绸似缎，那是一种纯粹的绿，养眼的绿，让人怀想的绿，能使台榭轩窗尽染光鲜色泽的绿。碧绿的蕉叶是相当女性的，小者玲珑可爱，大者落落大方，怎么看都是一个身着绿色裙裾的美人。在古代众多的文人画里，芭蕉美人图是较为常见的。蕉荫下的绝色美人往往十分典雅、脱俗，粉面秀丽如牡丹初绽，肌肤爽洁如梨花带雨，体态婀娜如芍药摇曳。唇不点而丹，脸不笑而春……这种美人，仿佛不食人间烟火，活脱脱一个花妖。

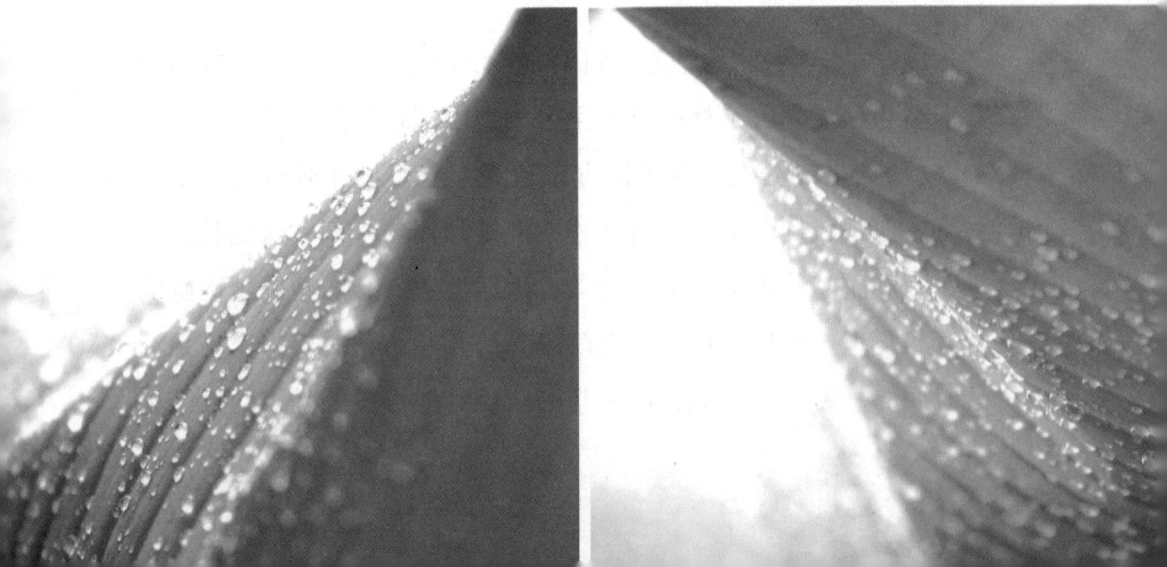

芭蕉是风雅的。人在蕉荫下，可做一些雅事：煮茶、品茗、品砚、下棋、吟诗等，当然，蕉荫下纳凉酣睡也是很惬意的。扬州八怪之一的罗聘，师事金农（号冬心先生），其画作《冬心先生蕉荫午睡图》展示的是这样一番景象：数株巨大的芭蕉，绿荫如盖，金农先生袒胸靠在椅上酣睡正浓，颇具"管他春夏与秋冬"的超然神态。而这种自在、超然，正是文人孜孜以求的一种境界。金农先生尤爱此画，欣然提笔补白：先生瞌睡，睡着可妨。长安卿相，不来此乡。绿天如幕，举体清凉。世间同梦，唯有蒙庄。

　　风雅的芭蕉，让人联想到一则动人的浪漫故事。故事中的女子名为秋芙，曾被林语堂先生誉为"中国古代最可爱的女子之一"。秋芙是钱塘人，生于清宣宗道光三年。她才貌绝伦，擅长写诗、作画、抚琴，亦极富辩才，但她却体弱多病。这是秋芙的不幸。然而，秋芙又是幸运之人，她遇上了一个知她爱她怜她的姨表兄蒋坦。蒋坦生长在书香门第，诗礼相传，文质彬彬，是清朝时期的一名秀才，擅长作文与书法。难能可贵的是，两人结为百年之好后，始终保持着浓情蜜意，生活充盈着精彩和诗意。蒋坦视秋芙是天上降至人间的昙花仙子，时时加以呵护。他所作的回忆性散文《秋灯琐记》就记录着这对神仙眷侣意趣无穷的和谐生活。蒋坦在秋芙生前便写下这些文字，字字句句弥漫着"怜取眼前人"的温情。而那则与芭蕉相关的浪漫故事则成了多情男女津津乐道的温馨片段。

秋芙在春天种下的芭蕉已叶大成荫，秋雨打在芭蕉叶上，一声声揪动人心，蒋坦听着伤怀，忍不住题诗叶上云：

是谁多事种芭蕉？
早也潇潇！
晚也潇潇！

次日早，秋芙见了诗句，颇有感触，便信手续题数行：

是君心绪太无聊！
种了芭蕉！
又怨芭蕉！

美叶美文，韵事佳话，忒有情调，让后人一再咀嚼，产生无尽的遐思，同时又令人扼腕。

"闲拈蕉叶题诗咏，闷取藤枝引酒尝"，白居易寥寥数语，写下了大书法家怀素"蕉书"之韵事。怀素于故里"种芭蕉万余"，满园新绿，在和煦的阳光下舒展着、摇曳着，享受生命的欢愉。风来的时候，顿成一片碧绿的海洋，翻腾着碧浪，展示一派畅快、淋漓景象。雨至的时候，似有千万手指敲打琴键，任何乐器演奏都及不上蕉雨声悠扬悦耳，节奏优美。性情豪放的怀素想必听出了酣畅、狂放，未待雨过天晴，就选取宽大的叶子尽情挥毫，笔走龙蛇，笔歌墨舞，借以畅志。阳光朗照的日子，房前屋后的翠绿笼罩着低矮的房屋，绿意生出凉意、惬意、诗意，怀素于是给自己的住处取斋号为"绿天庵"。浸润着漫无边际的绿意，怀素大口喝酒，大块吃肉，随意挥洒，汪洋恣肆，日复一日，年复一年，写得昏天黑地，写得"秃笔成冢"，就连洗砚的小池子也变成了"墨池"。在充满绿意的时光里，在挥汗如雨的日子里，怀素完成了从一个书法爱好者—书家—草书大家的蜕变。

芭蕉叶子华美，光鲜照人，但其身中空，不实不坚，易使人伤怀。禅宗用芭蕉象征生命的脆弱："观身因缘，芭蕉不坚。悟世幻化，木槿之谢。"王安石《赠约之》："但当观此身，不实如芭蕉。"黄庭坚《和元明兄知命弟九日相忆》："万水千山厌问津，芭蕉林里自观身。"当霜雪袭来时，芭蕉零落不堪，看上去像破败的旗帜。然而，芭蕉冬死春生，一岁一枯荣，这多少给感物伤怀、抚心太息者以慰藉。

又见草虫生动

去了一趟乡间，顿有所悟，所谓的风姿、风情，该是指那些生动、质朴，积聚着美和力量的自然风物更为恰当，这些风物，不是人类有意培育供大家观赏的，而是不经意地生长在乡野，不需要人们喝彩而径自生动、美丽。它们的美，只为那些有心人心动、击节。

三年前，我租住在塘岸小区，从"蜗居"到单位得经过一块庄稼地，庄稼地几乎不见庄稼，只有几株无精打采的橘树，还有一道歪斜的竹篱笆。就在破篱笆旁，生长着一片不为人注目的野牵牛。记得那是夏季，野牵牛长得很繁茂，欣欣然爬满了篱笆。一天清晨，我忽地发现了两个尖尖的花苞，像蘸上一点点胭脂的毛笔头，高高耸立，娇俏而美丽。我驻足欣赏了一会儿，直到一位同事走近打招呼才不好意思离开。我不知道花苞何时会绽放，但我知道，开放的牵牛花不过几小时便会枯萎。那天，野牵牛没有打开花苞。第二天早上，我上班路过时，发现花苞有点松散。匆匆吃过中饭，见天日晴好，阳光朗照，便担心牵牛花是否蔫了。到那儿一看，两朵花正怒放着，一朵为紫蓝色，另一朵为紫红色，鲜艳得如同美人唇，另外还有数个小花苞冒出来。篱上的牵牛花虽然寻常如农家女，但不乏风情，难怪齐白石大师留下多

幅牵牛花图。

　　许多花草，比如兰草、雏菊、梅花、杜鹃、蔷薇等，开在山谷乡野、农家小院比开在公园更具风情。一个素心素脸、布衣布鞋、文静秀气的女孩比那些涂脂抹粉、花枝招展、装腔作势的女子来得可爱、可人。日本一位作家说过，花里胡哨的蝴蝶不如蜻蜓和蜜蜂更有风情。诚然，到河滩边采几根芦苇插在泥胎的瓶子里，比摆上一捧郁金香、红玫瑰更有生活气息和情趣，到公园欣赏修剪得过于工整的花草，不如到野外欣赏农民栽种的豌豆、丝瓜、油菜，或者到朝阳的山坡、溪边坐一下午，辨识这是荠菜，那是艾草，这样感觉会更好。

　　记得孩提时代，放学后割草喂兔喂猪是必做的"功课"。割草，使我们的童年生活更具色彩和乐趣。离离原上草，一岁一枯荣，每根野草都会逢春勃发，其渺小、纤弱的体内积蓄着生命的

意志和力量。与草一起慢慢成长，这是一种幸福。在草丛中玩耍、嬉戏、打滚、唱歌，颇具童话色彩。草地、庄稼地隐藏着虫的王国，有四处奔走的蚂蚁、身佩长剑的蟋蟀、爱堆粪球的蜣螂、背部长斑的瓢虫、手执双刀的螳螂、波浪式行走的千足虫等，它们或劳作，或漫游，或笨拙，或奸诈，或谦恭，或傲慢，或喜或悲……想必谁都不省心。在草虫王国，也会演绎一幕幕爱恨情仇的悲喜剧吧。草虫，不乏风情，值得你我去看、去听。

四季木屋

　　一个无雪的冬日，她临窗而坐，许久许久。冷风吹乱她花白的短发，一声凝重的叹息随风滑落在窗台上。她把目光投向窗外，看到的是两棵老树，一方枯草，偶尔有模糊不清的行人匆匆走过。她放远目光，试图越过高楼及远处的山峰。她目力有限，但想象并未受阻。她自言自语：在山的那一边，有一间破旧的木屋，木屋四周满是萋萋花草，四季不败，山风吹过，屋里屋外弥漫着缕缕不绝的香味。许多年以前，这木屋呀，曾是我俩的爱巢。那时，正值豆蔻年华。年轻真好！

　　那间木屋，建在向阳的青草坡上。如今，它已不复存在。在那片青草坡上，想必残留着几根朽木，朽木上面长满岁月的绿苔。那段泛红的旧事，多少年了，仍在四季的光影里徘徊。说不清道不明的情愫，如同那山谷里的雾霭，浓了又淡，淡了又浓。

　　那时，她和他都住在乡下。木屋，是他亲手所盖，他说自己年少时做过木工。木屋看上去相当粗糙，她不敢推门入屋。他搔了搔头说：其实，我只学过两个多月的活儿，没出师。她笑了笑说：没关系，毕竟是你亲手所盖，这份粗糙，我接受了。

　　那是个晴好的春日，山风淡淡的、软软的、香香的。远处有一弯山月，像柳叶眉似的弯在山梁的缺口处，笑着。他牵着她的手走进黄昏中的木屋，她闻到了一股浓浓的松脂香味。

两年后，他们搬进城里，木屋就空着，可能早已成了野兔、山雀儿的天堂。

枫叶如丹、西风如水的时候，她提议去木屋看看。他却说：算了，没什么好看的，恐怕早已倒塌了。

雪花纷纷扬扬时，她又说：带上一壶热酒，去看看木屋吧。他淡然一笑，说：哪有这份浪漫，要看也要等来年春暖花开时。

映山红红遍山野时，她没有再提起，仿佛忘了似的。他呢，倒是真忘了。是的，结了婚的男人总是健忘。

有一回，她梦见了那间小木屋，只见它漂浮在绿色的波涛中，渐渐远去，那扇打开的小窗，如一只空洞的眼睛，仿佛期待着什么。她把梦告诉了他，他依然淡然一笑。

数天后，她独自一人跑去看了看木屋，发现它挺结实的，保持着当初的模样，只是屋里屋外长满了齐膝的杂草。一株野牵牛悄悄爬上了窗台，新开的数朵花儿像红嘟嘟的美人唇，挺醒目。她平静地看了看，然后走了。临走的时候，她把一只风铃挂在木屋的门楣上。她傻傻地想：有风的时候，铃声会传得很远，很远，也许能传到城里。

许多年以后，她好像淡忘了那间木屋。其实，她从未忘却。只是，她把小木屋搬进了心房。偶尔，她会打开房门、窗门，让细细密密的春雨润湿，让夏日的风吹拂，让秋日的云影徘徊，让冬日的阳光照亮。有时，她会听到木屋上的那串风铃在四季的风中叮当作响。每当铃声响起，她的心都会一阵战栗。

踏　青

　　这是一个绽放的季节。绽放的花朵迎风摇曳，绽放的天真随风轻扬，绽放的心情随波荡漾。

　　春风的巨掌，扑棱开缤纷亮丽的床单，春风的小手，悄然打开绚烂多姿的花朵，大地展示出新娘般娇美滋润的面容。如丝巾般柔软的风儿，抚摩着山冈、树木、花草，也抚摩着路人的面庞；橙汁般鲜亮的春阳，涂抹着每一片树叶、每一滴露珠、每一粒草芽，同时泼洒进人们的心房。于是，植物的茎干充盈生命的汁液，蜷缩的叶芽伸肢展腰，空气中弥漫着花香，散播着鸟语，涌动着温馨。扑入眼帘的山山水水流淌着纯净的绿波，有翡翠绿、碧玉绿、孔雀绿，还有浓郁的深绿，沁凉的墨绿、明快的黄绿……这是生命原本的色彩，蓬蓬勃勃张扬着、荡漾着。在这漫山遍野的绿海中，万物醉了。知更鸟醉在茂林修竹里，梁祝的后代醉在芳香馥郁的花海里，多情的蜜蜂醉在温馨的花房里，奔跳的蚱蜢醉在绿油油的草

丛里，黄莺醉在自己清脆婉转的歌声里。

在这令人心动的季节，每一个黎明都是鲜亮的。早早起床，打开房门，徜徉田间野径，张开所有感官，静观万物，聆听天籁，嗅闻泥土、花草的气息，触摸每一片娇嫩的叶芽，你或许会感动，会心颤，而且会惊喜地发现一生中尚未发现的东西，

有人说：圣灵的东西就在鸟儿的鸣啭、流水的淙淙和花朵的芳香气息之中。诚然，泽被万物，大自然是神圣的、神秘的，它有丰厚的馈赠，它只给那些用心去尊崇它、感受它的人。凡是真诚地热爱大自然的人，大自然会施与力量，赐以活力。观察自然万物，聆听它、嗅闻它、触摸它，接受它的滋养，领悟它的教诲，这样，你会找到你自己，你的人生会更滋润、更宁静、更恬美。

也有人说：生命的步调如此之快，如此喧闹，行人匆匆走过，忽略了路旁的小草，它的色泽，它的气味，以及微风轻抚时它微弱的颤抖。是呀，生活的诗意，人生的真谛，就藏在一草一石中，而我们往往忽视了。哪怕是匆匆赶路时，我们也该留意些什么。试着在双休日，放慢生活节奏，一家人走出户外，像儿时那样，无拘无束，在小沟里找蝌蚪，

到溪边捡石子，靠在树上学鸟语，或者什么也不做，不寻不觅，躺在青草坡上看浮云悠然行走，看小甲虫匆匆爬行。此时此刻，你也许会心淡如水、心轻如风，会体会到自然界的美妙诗意和童稚般的情趣。

记得上个月的某一天，我在阳台上浇花，调皮的儿子趁我不注意，悄悄把拿在手上的一杯温水注入一盆海棠花中。完了，这盆海棠花必死无疑。果然，第二天，海棠花的枝叶便枯萎了。于是，我把花盆弃之角落，从此不去管它。数周后，我惊讶地发现，枯干的枝条上居然吐出了新芽。春的气息竟如此浓郁、强盛，使得枯枝发出新芽。如今，这盆海棠花已长得十分繁茂，有两个头冒出了花蕾。我不由得想起一句歌词：海棠花儿不会自己开。海棠花若不是自己开放，那一定是由春风的小手打开的。我惊讶于春的滋润、博爱。此时此刻，我忽地冒出一个怪念头：在这个蓬勃生长的季节，要是在花盆里插根牙签，会不会发芽？当然，牙签肯定不会生根、发芽，但是，我的好奇心和想象力在发芽、生长。对周遭世界保持好奇，充满想象，这何尝不是一件美妙的事情。

冬日怀想

朔风抖着威风肆虐着穿过稀疏的树林，扫过荒寂的山冈、田野，蹿进农家小院。院门不情愿地一开一合。瓦房上的炊烟被风吹得失去方向。土墙上有几根衰草在轻轻战栗，而墙根的爬山虎却格外坚忍不拔，显出钢铁般的意志。远处的青山覆盖上晶莹白雪。面对青山白雪，一位年近古稀的白头老人在轻轻吟唱：莫怪世人容易老，青山也有白头时。

院前的一块空地上，一只青壮公鸡扬起血红的鸡冠，一副雄赳赳的模样，旁边的一只母鸡却缩着身子，抱怨、诅咒天气的阴冷。

身穿大花棉袄的女孩蹦出院门，把一根猴皮筋系在两棵相隔数米的苦楝树上。女孩举起双手到嘴边，哈一口热气，然后跳起

了猴皮筋。女孩口中念念有词，面孔如天使般红润、美丽。女孩雀跃的身姿如春天里舞动的蝴蝶。

古朴的四合院里，天井一角种着梅花、月月红、桂花、美人蕉。在这隆冬季节，月季藏起殷红的花瓣，桂树裸露苍虬的身姿，美人蕉更是失却美人的风姿，一派衰颓景象。

一夜纷纷扬扬的瑞雪飘过，天井里的东西都披上了厚厚的棉衣，世界变得纯洁，同时变得臃肿。

清晨，女孩躲在花窗格后面，看着窗外的景致出神。

踏雪寻梅，一个固执的意念驱使她打开房门，迎着萧瑟寒风，寻觅那一点撩心的诗意。她终于在虬曲苍劲的枝条间觅得麦粒大小的芽苞。哦，这便是严冬中孕育的春天的胎儿！当第一缕晨曦洒下，

这粒不起眼的芽苞便会唱响第一支春曲，泄漏第一缕春光，引发第一声春雷。紧接着，一春花事便如繁星般热烈张扬起来，烂漫而不可收拾。

原以为春天是奔放而张扬的，却不料她又有如此内敛而静谧的一面。

　　春天好比是一张色彩斑斓的请柬，踏雪寻梅的人，便是最早收到请柬的幸运儿。

　　在这个萌动激情的季节，女孩的心绪犹如放飞的风筝翔动。

　　一个月，或者两个月后，结伴成行，到郊外踏青，一路嬉闹，一路捕捉，一路感叹。柔嫩的柳条是一支曲，舒展的云朵是一首诗，返青的麦田是一床织锦，奔泻的溪水是一种心情，衔泥的春燕更是一种感动。

　　春天是一块花花绿绿的面料，勤劳的人不惜时机穿起一缕春风，缝纫出色彩纷呈的田畴。

　　春天是一则美丽的童话，那花、那水、那风、娇气、柔媚，美得失真，柔得酥骨。侧耳细听，放眼四顾，云端天际，漫山遍野，苍陌篱边，荒村闹市，春天的步履匆促，春天的色彩流淌，春天的秀色可餐……

　　隆冬季节，曾经有位女孩，沉醉于浓浓春意中，作无边无际的怀想。女孩会长大，会成熟，也会衰老。她的心思也会衰老吗？

寒　夜

　　那天气温骤降，一下子降了七八度。一到黄昏，又刮起刺骨的寒风，寒风掠过耳际，耳垂如针刺般生疼。我和丈夫陪客人吃过晚饭，随后到"红梦"茶室小坐。因天气太冷，行人稀少，茶室的生意亦显清淡。老板娘是我的同窗好友，她端坐在柜台边，一边责骂天气，一边感叹做生意的艰难。我和丈夫稍坐片刻，喝过一杯热茶，然后起身告辞。

　　听着外面呼呼作响的寒风，我们不约而同地竖起衣领，缩着脖子。我笑丈夫活像一只企鹅，他还击我，说我像熊猫。我们赶紧拦住一辆出租车，躲进略为温暖的空间。出租车行驶到街口拐角处，白亮的车灯照见了一堆东西。司机放慢车速。那堆东西突然伸出双臂，像瘦硬的树杈，僵直着向上伸展。在双臂之间，是一张苍老而模糊的老婆婆的脸，她的脸颊披着几绺白发，一如断墙上的几棵枯草。在她面前，放着一个破旧的铁罐，那是她赖以生存的道具。此时此刻，我的脑中凸显出"祥林嫂"抬头问苍天的情景，一种悲悯之情油然而生。我想自己该喊停车，然后布施几个小钱。但是，我始终没有出声。当车子把老妪扔在身后时，我忍不住说了一声"罪过"。司机和丈夫也作了一番感叹。他俩说得很多，后来竟说到某某官太太把吃不了的青蟹、鳗鱼倒进垃圾箱之类的话语。

回到家，躲进柔软的鸭绒被中，我的心怅然若失。拐角处那老妪悲苦的形象仍萦绕在脑海中，挥之不去。在车灯照亮的瞬间，她为何要伸直双臂？是乞讨，还是呼救？是哭喊，还是责问苍天？我不得而知。她能熬过这滴水成冰的漫漫寒夜吗？要是我当时下车，递给她一张五十元或者一百元的纸币，也许她会感受到人间的一丝暖意，她那颗孤苦无助的心不至于瑟瑟发抖，她也不会怪怪地伸出双臂，直刺向天空……这样，我的心灵也会多一分踏实，少一丝不安和牵挂，尽管我的牵挂和怜悯是廉价的。

第二天清晨，我路过那个拐角，发现那里已挤满了做买卖的人群，什么痕迹也没留下。我似乎得到些许宽慰。至少，那位老妪昨晚没死在路边。同时，我还希望昨晚那一幕只是自己的一个幻觉。

临近吃中饭的时候，母亲说起了街头见闻。她谈到昨晚望江门那边一个垃圾箱里死了一个人。我的心悚然一惊。该不会是那位老妪吧？！母亲说，那个死掉的人可能是外地民工，不知道是怎么死的。我听后叹了一口气。母亲接着又说，这几天，安徽等地来的讨饭人真多，我去买菜的路上，就碰到十多个。我问母亲给钱了没有。母亲说，要饭的人多，想给也给不起，不过，碰上特别可怜的老头老太太，我会给的。像今天，有个老太太头发全白了，有七八十岁，她坐在墙角一声不吭，神情悲戚，她身旁放着一铁罐，内有几块硬币。看着她的样子，着实可怜，我给了她五元钱。

　　母亲说到这里，我轻轻地舒了一口气。这一餐中饭，我吃出了另一种滋味。

又见豌豆花

　　父亲对土地总是怀有难以割舍的情感。他退休后没事干，便在白塔小区那边开垦出一畦菜地，种上豌豆、芥菜、韭菜、包心菜等。初春的那个上午，母亲说要到菜地摘嫩豆荚，我刚好在家闲着，便跟了去。

　　一见久违了的豌豆花，心里顿时有说不出的惊喜。我俯下身子闻了闻，几乎闻不到什么香味。因为花儿不香，所以招不来蜂蝶。其实，豌豆花自身开得热热闹闹，随风摇曳的样子就仿佛是一只只白蝴蝶停在藤蔓上。豌豆花一般有三层花瓣，外两层酷似蝴蝶翅膀，呈振翅欲飞状，里层是嫩绿的紧身内衣，包裹着纤细的"心事"，那是小女子从不吐露的心思。

　　豌豆花是清纯、素朴的，它使我想起了乡下一位邻家女孩。女孩名叫水清，比我大三四岁。她身材纤秀，五官精巧，白皙的脸上隐约可见数点雀斑。她较为腼腆，讲话声音轻弱，但十分灵秀可爱。夏天，她爱穿一条水绿色的长裙，上面配一件纯白衬衣，酷似豌豆花。冬天，她

常穿一件蓝花布小袄，有些紧身，能显出柔软腰肢。有时，见水清独自一人坐在檐下剪窗花，一副入神入迷的样子。水清是个心灵手巧的女孩，她会剪纸、绣花、编草帽。她曾送给我一幅剪纸，是两只老鼠扛一顶花轿，模样挺逗人的。因为家里成分不好，水清未读完初中便辍学了。我考上大学那年，听说她嫁给了邻村一位木匠。那木匠我有点印象，他曾经到我们村看电影。记忆中的木匠长得还算英武，只是眼珠子转得很快，给人不够稳重的感觉。听人说，水清与木匠结婚多年未能生育，木匠便把责任全推给她，时常迁怒、责骂她。水清的日子一定相当苦涩。后来，两人上医院检查，结果查出是木匠这一方有问题。即便如此，木匠也没好好珍惜她。去年清明节，我回乡祭祖，看见老祠堂门口石条上坐着一个干干瘦瘦的中年妇女，神情呆滞，偶尔自言自语几句。一打听，才知这便是当年那位灵秀清纯如豌豆花的邻家女孩水清。

女人如花花似梦。豌豆花谢后结出嫩豆荚，嫩豆荚甜甜的，十分爽口。风吹日晒，藤蔓上的嫩豆荚渐渐硬朗，晒干后如钢珠一般，掷地有声。而如豌豆般可爱的女孩却不堪风霜，过早萎谢了。

不走寻常路

  当人类仰视地球上最高的山峰——珠穆朗玛峰时，无不惊叹于它的美丽。雪峰晶莹，天空湛蓝，阳光绮丽，传说中的天国似乎触手可及。而当勇敢的探索者一步步迫近珠峰时，它又成了一道鬼门关。不可攀爬的险峻、无比稀薄的空气、针砭骨肉的寒流、不可预测的雪崩……死亡如硕大的云团笼罩着。高处不胜

寒，伟大的山峰看上去如此凶险、冷酷，仿佛要拒绝一切生灵造访。这是一座连鸟儿都飞不过的高山！然而，有一种体形纤瘦的鸟儿为了生存，为了梦想和召唤，它们选择了超越极限的群体穿越之旅。每年的 11 月初，约有五万只蓑羽鹤要飞越喜马拉雅山，到南面的印度越冬。

这是怎样的一种鸟？它们有着怎样的使命和梦想？弱小的身躯积蓄多大的能量？其实，蓑羽鹤是鹤类中最小的一种，体形纤瘦，身材高挑，看上去文质彬彬，可谓是鹤类中的文弱书生。雌鹤苗条、娴淑，雄鹤斯文、儒雅。蓑羽鹤样子可人，头戴灰色或黑色贝雷帽，鬓边垂着两条纯白的流苏，风度翩翩，气质优雅，精美绝伦。就是这种美丽的生灵，迁徙时却选择了高寒的生命舞台，选择一条最艰辛的生存路径，挑战极限、挑战自我，群体高唱一曲惊天地、泣鬼神的生命赞歌，把一道美丽的生命弧线画在云端。

高耸入云的雪山，狂风扬起雪雾，如怪兽般肆虐、怒吼，

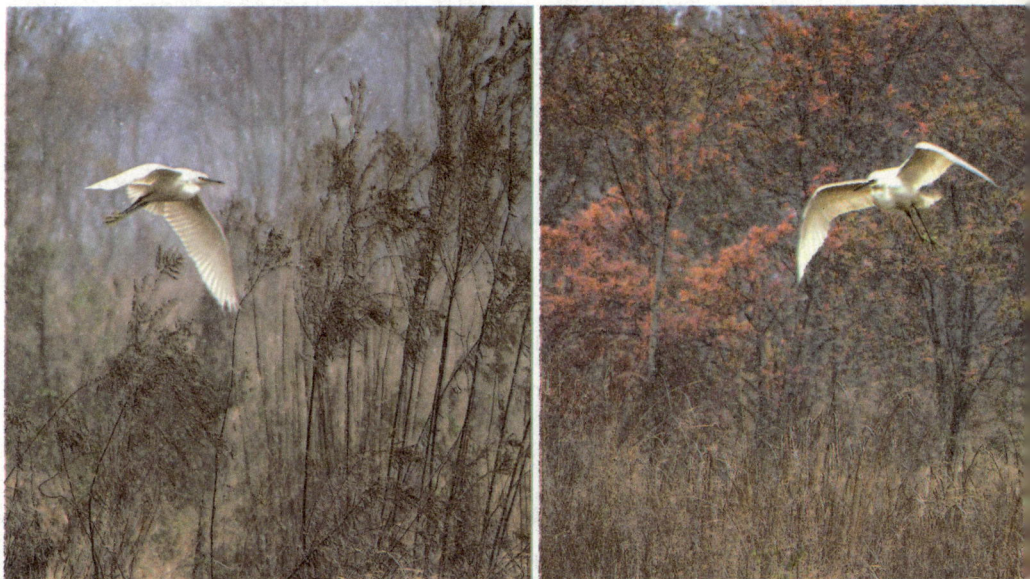

蓑羽鹤如同小小的颗粒被狂风击打、撕裂，它们既不能折回，也不能找个地方躲一躲，它们必须忍饥挨饿，与死神较量。除了可能冻死、饿死、累死外，还有恶鸟金雕在途中虎视。金雕是一种极为阴险、歹毒、凶悍的猛禽，它知道何时何地乘人之危前后夹击。残酷的围追堵截并未动摇蓑羽鹤飞越喜马拉雅山的意志，它们彼此靠得很紧，相互呼唤着、鼓励着，一次次向最高峰发起冲刺。此刻，它们每扇动一次翅膀都显得非常吃力，但是，没有一只蓑羽鹤轻言放弃。没有放弃，只有牺牲。在这群蓑羽鹤中，有的是第一次，也是最后一次作无畏的飞翔，哀鸣声伴随着跌落的身影消失在茫茫雪雾中。蓑羽鹤还是动物中忠贞专一的情种，一夫一妻，琴瑟和谐。被夺去生命的那只鹤将成为另一半心底永远的痛楚和思念。

高唱生命咏叹调的蓑羽鹤令人惊叹不已。惊叹之余，我忍不住想起英国著名登山家——马洛里。"作为一个人，生命如草，岁月如风，当风儿吹临，他随风而逝，但他曾经盛开过。"马洛里的生命如高山雪莲绽放在海拔八千多米的珠穆朗玛峰。

对于热爱登山的人来说，高耸入云的山峰永远是无法遏制的向往，过于平坦的道路只是他人生的驿站，他高远的目光总被某座山峰牵引着，那是他灵魂栖息的地方。

有记者问："你为什么登山？"

马洛里回答："因为山在那里。"

地球上有十四座八千米之上的山峰，珠峰是第一高峰，它成为全世界登山家心目中的麦加。用脚步丈量珠峰，这是马洛里心中的一个信念。仰视珠峰，山巅之上透出几缕若隐若现的阳光。阳光明亮而温暖，马洛里和同伴欧文一起出发，那是 1924 年 6

月一个平常的日子，他俩穿着简陋的衣裤鞋袜，带上冰镐、高度计、绳索、火柴等必备的用具。滚石、冰雹、雪崩……谁也不清楚马洛里和欧文经历了怎样的生死考验。1999年，时隔75年，一支美国珠峰登山队在8150米处发现了1924年6月8日失踪的著名英国登山家马洛里的遗体和一些遗物，遗体几近风干，与山体紧紧粘连，而在海拔八千五百米处，遗落下一个氧气瓶。马洛里修长的身体像凝固的瀑布一样高挂在珠峰，发现者无不为之动容。马洛里很有可能登顶，氧气瓶及下滑的身姿能够说明一切，有人这样推测。其实，马洛里到达哪个位置并不重要，重要的是，他将自己交给了大山，为山殉葬，他把不朽的探索精神镌刻在高山之巅，使人肃然起敬。山，成为马洛里永恒的归宿和天堂。也许是一种宿缘情结，这个世界上就有这么一些人，他们不走寻常路，不愿蝇营狗苟地活在灯红酒绿处，拒绝平庸，拒绝享乐，甘愿选择一条注定要历尽千辛万苦的路径，以一种殉葬式的虔诚，以一种浮雕式的姿态拥抱大山，亲近自然。

"伟大的山峰从来都不寂寞，因为有伟大的灵魂陪伴。"伟大的灵魂径自绽放在远离尘埃的远方，那里空气清冽，阳光纯净，天空湛蓝。

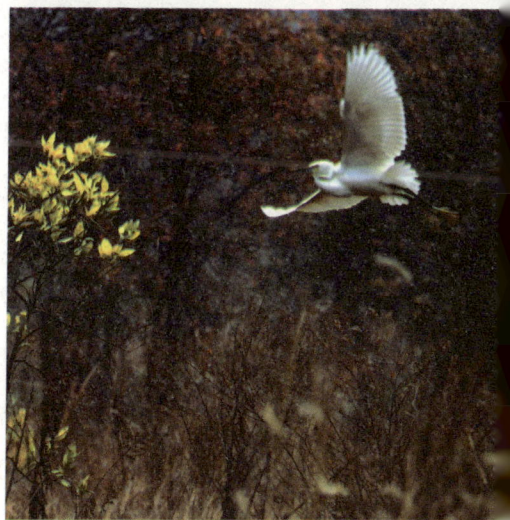

径自枯萎

情如月，入水难捉。情如水，怎可挥剑斩得？

谁在深夜酿泪为酒？谁的忧伤如蚕丝般绵长？谁是深山里的那枝秋海棠？谁是忘忧河上撑篙的船夫？寒山寺佛眼那滴晶莹的泪坠落在谁温柔的水心？当她与他邂逅，碰触了彼此的双眸，定然孕育前世太多甜蜜或痛苦的回忆。俗世中多少有始无终的爱情，让人很久很久都无法释怀。缘是纵然两情相悦，仍难逃宿命之劫。缘是无可奈何花落去，似曾相识燕归来。注定的相识，如春季花开的声音，悦耳的清脆。注定的离别，又怎能平静而美丽？不肯放手的总是她，一把胭脂泪随风飘荡，万千秋海棠悄然枯萎。看，夕阳下，有孤鸿飞过，悲鸣的一声，跌落成湖心那一朵惨白的睡莲。

花儿总是在不被人注意的时候悄然枯萎。一朵完全绽放的花朵意味着枯萎的开始。带露的花朵多么惹人喜爱，但她分明是一张流泪的笑脸。容易枯萎的不仅是花朵，还有女人。说花儿是植物的繁殖器官恐怕让人难以接受，但把花儿比作女人，这是最直观、贴切的比喻。花朵"纳日月之精华，聚天地之灵气"，她含苞、绽放、枯萎或凋零，每一个环节都是女人生命的真实写照。

"你知道，你爱惜，花儿努力地开；你不知，你厌恶，花儿

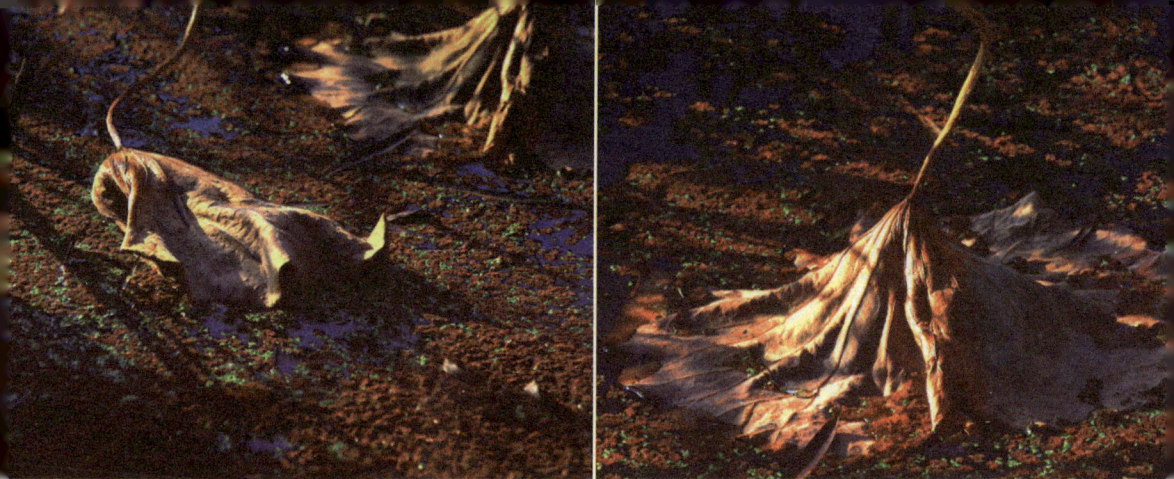

努力地开。"不论是引人注目、赢得喝彩的名花，还是叫不出名、少有人欣赏的山花，含苞、怒放，然后枯萎，这是不可逆转的命运。花儿含苞待放的过程总是相当漫长，枯萎却是如此迅速而无奈。女人与花儿极为相似，不过是美丽青春多彩故事的一个忧伤注脚。

1946 年 2 月，才女张爱玲长途跋涉，揣着一颗忐忑不安的心去温州寻踪探夫。对于夫君胡兰成的滥情，她心里是最明白不过的，但满腹才情的张爱玲和普天下凡俗的女子一样，不到最后一步，她仍不死心，仍抱着虚妄的期待，期待胡兰成的回归。而落魄、潦倒的胡兰成依然不改"花心"。是呀，对于喜欢拈花惹草的男人来说，什么都可以放弃，唯独婚外的女人"一个也不能少"。前不久，胡兰成与汉阳医院 17 岁的小护士周训德如胶似漆，今儿个，他又在温州与大自己两岁的范秀美温存。厚颜的胡兰成用一套"克己待客"的理论支撑自己的放逸行为。他说他待爱玲如待自己，宁可委屈爱玲，也不委屈小周和别的女人。和大多数女人一样，张爱玲的心只装一个男人，而这个唯一的男人却胃口很大，心中可同时装几个女人。伤情伤心的张爱玲终于在痛哭一场后作出决断。她对胡兰成说："你到底是不肯。我想过，我倘使不得不离开你，亦不致寻短见，亦不能够再爱别人，我将只是萎谢了！"一代才女的心就这样彻底破碎了，心碎如一地残红，惨不忍睹。毕竟是才女，张爱玲发出经典感慨："也许每一个男子全都有过这样的两个女人，至少两个。娶了红玫瑰，久而久之，红的变了墙上的一抹蚊子血，白的还是'床前明月光'；娶了白玫瑰，白的便是衣服上的一粒饭粘子，红的却是心口上的一颗朱砂痣。"

多拉·玛尔是毕加索的女人，当然，她只是毕加索众多女人中的一个，好比是一把茶壶边上那个特别精致的茶杯。1933年的一天，54岁的毕加索在某咖啡馆看到多拉，惊为天人。多拉的一双明目，"清丽得像春日的天空"。脱俗、年轻、聪明、有才识的多拉，成为毕加索征服的又一个目标。而此时的毕加索，已拥有一妻三妾及多个情妇。大师毕竟与常人不同，毕加索的情欲也是大师级的。才智出众的多拉没能抵挡住毕加索射出的弓箭，她走进了一段毁灭性的恋情。多拉的真诚、忌妒与毕加索的滥情、泛爱实在难以调和。两人的关系时晴时雨，一会儿是烈焰，一会儿是冰川。多拉一会儿笑，一会儿哭，当然，哭多笑少。她哭得歇斯底里，悲天动地。数年后，明眸如春日的天空的多拉渐渐枯萎，再也流不出一滴眼泪。1942年，毕加索笔下的多拉已是目光痴呆，一脸茫然。1943年，毕加索遇到了另一位女子，她名叫法朗西瓦丝·吉露。从此，多拉便成为毕加索轻轻翻过的一页历史。枯萎的多拉在孤寂、忧郁中走完自己剩余的人生之路。她死后，毕加索的《哭泣的女人》（多拉画像）拍卖到百余万美元，而多拉画的毕加索也以八十万美元卖出。哦，可怜的多拉！尽管她富有思想、才情和个性，但终究不能站成一棵树，成为一道独立的风景。

罗丹生活在物欲渐渐膨胀的年代。罗丹的情人几乎囊括了所有的社会阶层，模特儿、学生、女仆、女裁缝以及一些上流社会的淑女、太太，与罗丹有染的女人实在是太多了，天才洋溢、卓尔不群的卡米耶·克洛岱尔只是其中的一分子。在罗丹心中，爱是他生命的主题，他拥有太多的爱，但他永不满足。女人的美貌和才情可以暂时征服男人的身心，但爱却难以保鲜，难以恒久。一个优秀的男人和一个出众的女子相遇了，燃烧的过程总是那么炫目，像烈焰腾空，如电闪雷鸣。当罗丹与卡米耶进入爱情的酷夏时，罗丹的艺术创作也进入黄金时代。性感、迷人的卡米耶带给罗丹甘泉般的灵感。这一时期，罗丹创作出《吻》《情人的手》《沉思》《拥抱》《占有》等一系列不朽之作。尤其是《吻》，造型生动，情感充沛，扣人心弦，这是两人狂热爱情的写照。同样，罗丹也使卡米耶的生命绽放出异彩，卡米耶创作了《罗丹像》《沙恭达罗》和《窃窃私语》等一批佳作。爱情，滋养了彼此的艺术才能。可是，好花不常开，好景不常在。两人的爱情始于1885年，结束于1898年。如此出色的女子也逃脱不了被遗弃的命运。罗丹的热情渐渐消减，沉郁、高傲的卡米耶只得过起封闭、孤寂的生活。她身心交瘁，万念俱灰，在无望中挣扎。她决心忘掉罗丹，但记忆是如此沉重、深刻，几乎使她窒息。有多少爱便有多少恨，卡米耶的万般柔情化为一腔怨怒。她终于变成了一个怨妇、泼妇，她在大街上狂奔号叫，她用石头、垃圾猛砸罗丹家的门、窗。在旁人眼里，卡米耶的举动是不可理喻的。她疯了，真的疯了。1905年，她出现妄想症。1913年，她被送进疯人院。30年后，她离开了人世。对于卡米耶来说，与艺术大师相遇，既是浪漫、温馨的好事，也是不幸人生的开始，而对于罗丹来说，卡米耶是成就自己辉煌艺术不可缺少的异性。生活是一朵双瓣花，一瓣为幸福，另一瓣为不幸。柔弱的女子往往属于后者。

忧伤而美丽

风软了，水绿了，美丽如拳的花苞儿悄然绽放。

纷飞的蝴蝶来来往往，穿梭于花间草丛。

苍凉的故事演绎成人间最最美丽动人的传说，虚拟的色彩牵引着人们的目光，多少痴男怨女为之动容。

梁兄和祝妹悲恸的身影从坟茔中跳将出来，翩翩起舞。远处有悠扬的琴声在细细诉说。

姹紫、嫣红、娇黄……艳丽的花朵竞相开放，甜蜜而温馨的气息充斥人间。

一对绝美的蝴蝶，双双飞进花丛，又双双飞离花丛。

前面飞着梁山伯，后面跟着祝英台。此刻，蝴蝶一定幸福着。

有人说，生命是一项随时可以终止的契约，爱情在最纯美的时候，却可以跨越生死。

也有人说，蝴蝶是花的鬼魂，它们在寻找自己的前身。

花开花落，魂又何在？只有梁祝的情话依然浓烈如酒，点染着艰辛而苍白的人生。

——英台，梁兄一路为你而来。

——梁兄，英台夜夜只想你一人。

爱情的故事古典、浪漫，而又凄艳。凄丽的故事代代相传，终被制成爱情标本，千古绝唱。

可是，现代人稀释了浓烈的情话。有几人敢说"冬雷震震，夏雨雪，天地合，乃敢与君绝"，又有几人"情到深处天地动"？！

桎梏其实只是一张网。如果梁兄祝妹能破网而生，像世间所有凡俗的夫妇一样苟活着，梁兄终日为柴米油盐而奔忙，日渐衰老，祝妹操锅碗瓢盆，红唇脱色，那么，梁祝的故事早已没有忧伤，也拒绝了美丽。

"死生契阔，与子成说。执子之手，与子偕老。"千百年来，凡夫俗妇就这样生活着，朝朝暮暮，平和度日，同庸共俗，直到老死。他们中间产生不了故事，也许有故事，但大都乏味，没法美丽。悲耶？喜耶？

蛙声一片

　　没有足够的理由，我离开了生活近二十年的古城，独自到一个陌生的地方工作。虽然此地与彼地相距不远，坐公交车约一个小时就到，但我还是有一种别离、剥离的感觉。人是一粒种，落地会生根。背起行囊的那一刻，多愁善感的我，别有一番滋味在心头。我曾悄悄地问自己：为什么离开？是为了寻求新的发展空间，抑或是为了实现更大的人生价值？答案既清晰又模糊。回首走过的路程，转折处真不需要太充足的理由。

　　刚到新单位的第一个晚上就遇上学习会。单位领导铿锵有力的话语着实让人振奋了一阵子。会毕，大家踩着灯光、月光回家去了。我在办公室逗留了一小会儿，然后回家。家是什么？家是一盏温暖的灯光，家是亲人熟稔的身影，家是一声轻轻的问候……可是，

　　我现在租住的地方不能算家，只能称之为"蜗居"。我的家——在别处。家，心之所在。

　　带着浓浓淡淡的落寞和惆怅，我独自走在陌生的土路上，拖沓的足音透出几许无奈。我抬头看了看天，天上堆着些乱云，像破棉絮似的，一枚灰白的糊涂月无精打采地挂在遥远的苍穹。今晚的月儿看上去有点忧郁。唉，我叹了长长一口气，四顾茫然。此时此刻，土路两旁的洼地里传来几声蛙鸣。久违了，这熟悉而陌生的语言。蛙声使我联想起童年旧事，往事像发黄的旧照片令人感慨万千。我停下脚步，噘起双唇，吹了几声口哨和鸣。令我惊喜不已的是，蛙们仿佛听懂了我的哨声，这下子它们竟齐声高唱起来。那一片蛙声，热热闹闹，无拘无束，尽情、张扬、热烈、粗犷。从这片高亢的声浪中，我感受到生命的张力与奔放。

　　这肯定是一群纯粹的雄性在呐喊！至于它们因何发出如此激昂、亢奋的共鸣，是歌哭还是歌笑，我不得而知。

　　过了几天，单位通向"蜗居"的那条土路的两侧，一些东西正悄悄变化着。高大的打桩机架起来了，红砖围墙慢慢长高，洼地上堆起三五堆碎石沙土。另一侧菜地上的橘树似乎预感到什么，接二连

三"及时"枯死了。这些橘树想必是有灵性的,要不然怎么会在春光明媚时节枯死呢。而近旁的一畦油菜却毫无知觉,黄灿灿的花朵依然开得十分娇艳。油菜花在柔软、温和的风中欣欣然摇曳着、舞蹈着,全然不知自身面临怎样一个境地。当然,青蛙们不会这么愚钝。这些小精灵,显然清楚人类的行为和自己的前景。无奈之际,它们只得做出抉择,接受命运的改变。

又是一次学习会。会毕,我又一次独自行走在那条土路上。一样的夜风,一样的月色,而我的心境与上次迥然不同。我屏息侧耳,以期再次听到那一片闹热、酣畅的蛙鸣。可是,我未能如愿,我失望了。青蛙们可能在昨天,或者前天,匆匆忙忙背井离

乡，各自寻找生存空间去了。我与这些青蛙只有一刻之缘呀。它们何去何从？是集体大流亡，还是各奔东西了呢？对它们来说，找到了新的地盘容易吗？告别这片洼地时，它们是怎样一种心情呢？这一切，我无从知晓。而我对它们命运的担忧，也没有多少实际意义。说白了，纵然听不到蛙鸣，我的生活也不会有什么改变。但是，如果这世上没有蛙鸣、鸟鸣、虫鸣，那人类的生活是不是过于单调、苍白了呢？！

我恍然大悟：对其他弱小物种来说，处于食物链顶端的人是这世上强大而危险的侵略者，是可恶的刽子手。人不断寻思着把别的物种搬上餐桌，他们吃生猛海鲜，吃珍禽异兽，吃猴脑，吃熊掌，吃"三叫"，甚至冒死吃河豚，这无疑是人性的邪恶！如此看来，上个星期的蛙鸣，想必是青蛙的一次集体呐喊、抗议。对于这群青蛙来说，祖祖辈辈居住的地方被人类霸占，心中的愤懑和怨怒该向谁诉说？！因为无处讨个公道，所以只得歌哭。亮出粗犷的歌喉，长歌当哭。这哭声，风能听懂，云能听懂，博爱的大地能听懂，可就是人类听不懂。这是蛙的悲哀，还是人类的悲哀呢？！

古典桃花红

　　我向来以为桃花是艳俗的，不曾投注过太多的目光。桃花的艳俗，如同古代的才子佳人故事，风情有余而风骨不足。可是，永嘉县林坑村的桃花却改变了我固有的看法。

　　那是四月一个庸常的阴天，春风淡淡的，软软的，仍有些凉意。流水，舒缓而抒情。就在这样一个时光不怎么鲜亮的上午，我们一行四人来到了古村落林坑。民居依山而建，大都是石头屋、木板房，黑色的瓦檐错落有致，沿着山势铺展开来，层层叠叠，犹如随意散落的古旧照片，透着陈年的气息。而房前屋后随意栽种的柳树、梨树、桃树，则是那样的风姿绰约、风情万千。花草树木鲜亮的色泽与浸染历史记忆的古民居形成鲜明的对比，两者竟是如此和谐、养眼，给人们以悠远而美丽的感觉。林坑这个村庄，最出彩的是那条曲折的溪流。溪两岸砌着黝黑的巨石，溪流清澈见底，游鱼历历可数，夹岸桃花从石缝中横斜出来，千姿百态。亘古不变的清凉山风吹拂着歌谣般古老的村落，绮丽的桃花就在这古典的背景下摇曳。当山风慌慌张张盘旋之时，一场迷迷蒙蒙的桃花雨纷纷落下。游伴们一边惊叫，一边拿出相机，而我，却怔愣着。我仰着头，张开双臂，以一种承接者的姿态站在片片红霞中，一瓣落在我的手掌心，一瓣飞入我的颈项，数瓣停在我的头顶、肩膀。而更多的花瓣上下翻飞一阵后，静悄悄地落到溪石、溪水上。波光粼粼，花瓣似云的碎片，漂荡、休憩在碧波中，美得令人心痛，使人慌张。此刻，我既有一种"落花犹如坠楼人"的感伤，又有一种"质本洁来还洁去"的释然。这花儿，没有"赖活"，没有枯萎在枝头，而是在花容月貌时从容告别春天。作为春之使者，她绽放美丽，吐露芬芳，完成使命后悄然离去，离别时没有太多的缠绵。在亘古永恒、绵延无边的群山里，生命只是短暂的现象，就像花朵的一次灿烂，绿叶的一次葱郁，留下的只有淡淡的芳香和忧伤。

其实，每一朵花儿都眷恋枝头，离别时难免显得无奈、无措、迷乱，从容只是表象，就像血性女子不安的心魂，总在苦苦寻觅可以安放的婚床，一旦梦幻破灭，便毅然决然转身。此刻，她的心一定痛了、灰了。

西晋时，有个敛财有道、富可敌国的地方官叫石崇。他惊闻白州境内绿珠的绝艳姿容，以十斛珍珠聘她为妾。据《太平广记》记载："女貌非常，而眉尤异，绿彩而鲜明，舒则长，蹙则圆如珠，故名曰绿珠。"不仅如此，绿珠还擅吹长笛，善舞汉曲《明君》。石崇虽是挥金如土之人，但他也算有几分才情，懂得一些诗词歌赋、音律曲韵，在金谷园中，石崇和当时的名士左思、潘岳等二十四人结成诗社，号称"金谷二十四友"。对绿珠，石崇也懂得怜惜。为取悦她，石崇还专门为她盖了一座"崇绮楼"。然而，世事难料，祸福相倚。石崇所投靠的朝廷重臣贾谧因故被诛，石崇因与贾谧同党而被免官。当时赵王司马伦专权，依附于赵王的孙秀颇为得志，他垂涎绿珠已久，当石崇被罢免之时，孙秀便起了歹心，居然派人向石崇索取绿珠。石崇不忍割爱，予以拒绝。孙秀大怒，屡次在赵王面前陷害石崇，赵王终于被说动了。某一日，赵王派兵杀石崇。石崇作别绿珠时叹息道："我因为你而获罪。"两人执手相看泪眼，无限酸楚。绿珠轻声说："愿效死于君前。"

话音刚落，绿珠便纵身一跃，跳楼而死。如花容颜，香消玉殒。唐代多情才子杜牧惊叹于绿珠的行为，感慨余之，写下了"落花犹如坠楼人"的哀婉诗句。

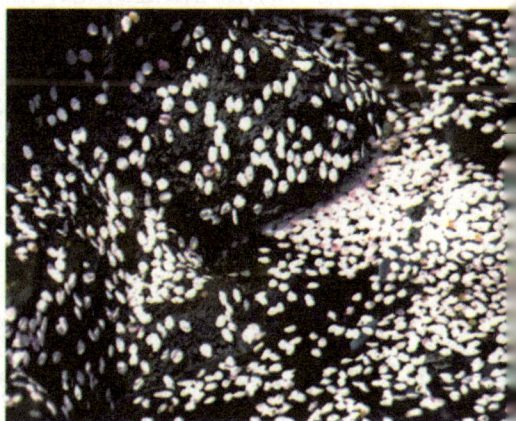

美人桃花，同样有着无常的命运，令人唏嘘感叹。清初文人孔尚任曾写成剧本《桃花扇》，描写明末贵族公子侯方域送秦淮名妓李香君"宫扇一柄"，"永为定情之物"。香君地位卑贱，但品德高贵。她深爱方域之才华横溢，风流倜傥。为了爱情，她历尽艰辛，舍生忘死。清兵南下，方域却禁不住功名的诱惑，降清而应乡试，中副榜。香君重气节，愤而与之决裂，继而出家，含恨而死，血染扇面。后由杨龙友点染，画成桃花扇一柄。"白骨青灰长艾萧，桃花扇底送南朝。不因重做兴亡梦，儿女浓情何处消。"桃花般的女子心碎了，凋零了，只留下一片残红。

　　"去年今日此门中，人面桃花相映红；人面不知何处去？桃花依旧笑春风。"资质甚美的崔护诗作不多，《全唐诗》存诗六首，崔护一首《题都城南庄》让他流芳千古，同时，一个美丽的爱情故事让后人反复咀嚼、品味。

　　崔护是唐朝博陵县的一位书生，出身书香世家，面目俊朗，才情俊逸。某年的仲春时节，天气晴好，户外春意融融，春气袭人，桃花灼灼，缀满枝丫。崔护郊外踏春，不知不觉离城已远。荒野的阳光很是鲜亮，崔护忽然觉得口渴。他叩开柴门，不料开门的竟是一位妙龄少女。少女虽着布衣，但清秀的眉目透出一股水灵之气。崔护说明来意，少女迎崔护入内，并奉上茶水。崔护暗暗打量少女，只见她粉白透红的脸上秋波盈盈，不施脂粉而娇艳，宛如一朵春风中的桃花。趁饮茶之际，崔护了解到，姑娘小字绛娘，随父亲蛰居在此。崔护饮毕，便谢辞而去。与绛娘的匆匆晤面，在崔护的心中激起了层层涟漪。思念的心绪如同春蚕吐丝般绵长。原以为时间会淡化一切，但少女的身影在崔护心中隐

约，愈久反而愈加清晰。时光流转，终于熬到第二年春天，崔护匆匆赶往那桃花掩映的地方，轻声呼唤着绛娘的名字，却不料茅舍门上挂着一把大铁锁。一连几天，崔护守在门前，直至门前那棵桃树花瓣纷落，终不见绛娘的身影。崔护怅惘久之，便题诗门上。数天之后，他仍不死心，再度到城南寻访。接待他的是一位白发苍苍的老汉。老汉泣不成声，告诉崔护："爱女绛娘，年方十八，知书达礼，待字闺中，自从去年春天见了你，便神思恍惚，只说若有缘，便会再度相见。春去秋来，冬去春来，仍不见你的踪影。小女玉容消瘦。前几天我把她送到她姑姑家养病，归来后见到你门上所题的诗，以为老天不作美，又痛失机缘，便不思饭茶，病情加重，今日已先我而去了。"崔护一听大惊失色，入室抱住断气不久的绛娘呼喊："我在这里，我在这里！"过了一会儿，女子睁开双眼，再过半日，竟然复活了。老翁大喜，遂将女儿许配给崔护。

　　每年春天，崔护带着绛娘踏青，面对灼灼桃花和眼前人，崔护都会倍加怜惜。

闲来无事看碧水

　　无事称为闲。人生有些事情，只有等闲下来才可以去做。

　　闲下来能做什么呢？有人说，闲则能读书，闲则能交益友，闲则能著书。也有人说，闲来无事，可以游名胜，观风景，登高山，看碧水。

　　瓜儿离不开秧，鱼儿离不开水。其实，有着许多水族习性的人类又怎能离得开水？仁者乐山，智者乐水。水赋予人类太多的灵性的想象。人云：不观水，无以诗。诗三百中的不少妙句大都源于一方水。"关关雎鸠，在河之洲。""所谓伊人，在水一方。"面对一池鲜活的绿水，情感的涟漪怎不因风而起？无论是铮铮铁骨的男儿，还是温婉如玉的女子，浸润着氤氲水汽，似水柔情便如春草般生长，便会忍不住想作诗，想作画，想唱歌，想恋爱。

　　春水如酒，令人沉醉。古诗文中，有太多太妙的诗句赞美春水。然而，醉人的春水往往与春愁相联系。五代词人冯延巳在孤寂的春日里，看满池涟漪，心湖不禁泛起丝丝愁绪，于是写下"风乍起，吹皱一池春水"的妙句。说到"春愁"，宋代秦观写得够到位，"飞絮落花时候、一登楼，便做春江都是泪，流不尽，许多愁！"但是，秦观的"春愁"怎能与李煜的无尽哀思相比！"问君能有几多愁？恰似一江春水向东流！"写到这里，我忽而

想起了一则民间传说：有个家庭，丈夫远行不归，妇人长年在山头痴心等候，日复一日，年复一年，那妇人竟然变成了石头——望夫石。面对水边的望夫石，有多少人为之动情动容？！人世间有望夫石、寡妇村，却没有望妻石、望妻树。对于妇人不变的痴心痴情，我只有沉默和叹息。陆游可算是有情男子，但他还是离开了唐琬。陆游能够抚慰唐琬酸苦心灵的只有几行伤情凄婉的诗句：城上斜阳画角哀，沈园非复旧池台。伤心桥下春波绿，曾是惊鸿照影来！

水是纯净的，灵动的，可人的，有水的景致总是富有生趣。"半亩方塘一鉴开，天光云影共徘徊；问渠那得清如许？为有源头活水来。"宋代朱熹描写水景手法高超，既写出水的灵动意象，又包含明白浅显的哲理。诗人与哲人往往是没有多大距离的。当哲人释放自己的性情时，他便成了诗人；当诗人静静地参悟时，他便成了哲人。我国古代不少高僧兼具诗人、哲人气质，留下了一些意味深长的哲理诗。比如，南朝梁代的善慧写过如下诗句：空手把锄头，步行骑水牛；人从桥上过，桥流水不流。这首诗似乎还有点"相对论"的意思。

水碧如画，水流如诗。曾经写过"君不见，黄河之水天上来，奔流到海不复回"这样气势宏大诗句的李白，竟然醉酒捞月，不幸落水而溺死于采石江。对于这种诗意很浓的传说，后人已无从考证，也不必考证。这样一个天才诗人，其终了方式肯定与常人有别，而"入水捞月"的行为又是多么符合浪漫诗人的个性。"采石江边一抔土，李白诗名耀千古。"连死亡都富有诗意的人，他是多么值得尊敬和追忆！同样，投进汨罗江的屈原，溅起的是一朵精神浪花。屈原被放逐之后，在江湖间游荡。他沿着水边边走边唱，脸色憔悴，形容枯槁。渔父看到屈原便问他说："您不就是三闾大夫吗？为什么会落到这种地步？"屈原说："世上全都肮脏只有我干净，个个都醉了唯独我清醒，因此被放逐。"屈原孤傲的灵魂无处安放，只有托付给一江碧水。还有，不肯过江的楚霸王、啸聚梁山泊的一百零八条好汉……他们的血液与水相融，他们身上有着水的特质，所以，这些人演绎的故事注定是既甘甜又苦涩。有人说过，水边的故事大多以悲剧结局。诚然！

想当年，孔圣人临川而立，看水流奔涌，听水声淙淙，不禁发出"逝者如斯夫"的感慨。这是人类圣贤的一次大感慨。这感慨，余音袅袅，千古不绝，无奈而戚然。

青丝结同心

    总觉得女人的一头秀发是意蕴丰富的语言，灵动、飘逸、妩媚，颇有风情。青丝绵长，编成辫子像精致的小诗，披散开是一篇美文，飞扬时是动人的黑瀑，静态时是柔媚的柳条、水草，缠绵的是一种感觉，一缕情思。

    "小轩窗，正梳妆"，苏东坡《江城子》中的六个字，给人以无尽的想象。不难看出，大文豪还是念旧的，对结发妻子有着无限的眷恋和深切的怀念。那是一幅甜蜜的人生插图，一个令人怀想的生活场景。少年夫妻的恩爱、缠绵、缱绻都在其中。那个特定的时空，温暖的阳光透过窗棂，照亮梳妆台，不远处晨鸟的叫声隐约可闻。苏夫人王弗刚刚起床，样子稍显慵懒，一头黑发随意披散在白皙的脸庞及浑圆的双肩。她端坐在梳妆台前，纤纤玉手拿起牛角短梳，漫不经心地梳理着黑瀑似的长发，娇羞的模样十分可人。此情此景，令睡眼惺忪的苏东坡心弦轻颤，闺房之乐充盈心田。小轩窗，正梳妆，就这样定格为苏东坡心底永不褪色的画面。王弗弃世时才二十七岁，花容玉貌堪比带露的花朵。在苏东坡的记忆中，夫人永远年轻可爱。对于王弗来说，虽英年早逝，却有这样一位有情义的夫君想着念着，悲耶？幸耶？

    头发长，见识长。对于长期养在深闺的女子来说，这恐怕是难以抵达的境界。可是，自古以来，女性中不乏集天赋灵性、姿容、才情和豪情于一体的非凡人物。她们姿色出众，资质聪慧，长着一头乌黑油亮的长发，缠缠绵绵如水草、柳条、藤蔓。不仅如此，她们秀外慧中，有着良好的学养，颇有见识，出语不凡，令七尺男儿汗颜。这样的奇女子，注定要在历史上留下精彩的一笔，比如花蕊夫人。

花蕊夫人姓徐。据《十国春秋·慧妃徐氏传》记载，她是蜀中青城人。后蜀国王孟昶封她为贵妃，别号花蕊夫人。她天生丽质，"冰肌玉骨，自清凉无汗"，这是苏东坡对她白玉般透明的肌肤之赞誉。可惜孟昶是个醉生梦死的昏君，他终日沉醉于笙歌春色里。孟昶在摩河池上建水晶宫殿，用楠木为柱，沉香作栋，珊瑚嵌窗，碧玉为户，四周墙壁不用砖石，用数丈开阔的琉璃镶嵌，连溺器都是用七宝镶嵌而成。花蕊夫人卓尔不群，独自一人识破了繁华表象下的不祥，其过人的洞察力和预见性可见一斑。就在孟昶还在醉生梦死之时，宋太祖赵匡胤"黄袍加身"，并命忠武节度使王全斌率军六万向蜀地进攻，十四万守成都的蜀兵一溃千里，孟昶自缚出城请降，他与花蕊夫人被迫前往汴梁。赵匡胤久闻花蕊夫人"冰肌玉骨"，把她留在宫中侍宴，要她即席吟诗。花蕊夫人吟道："君王城上竖降旗，妾在深宫那得知；十四万人齐解甲，更无一个是男儿。"此诗吟毕，赵匡胤君臣皆惊叹不已。因为诗中所表现出的仅仅是花蕊夫人对后蜀将帅怯懦无能的哀叹和鄙视，故赵匡胤听后不仅没有"龙颜大怒"，反而赞赏有加。如此出语不凡、才貌俱佳的女子，弃之岂不可惜，还是留在后宫吧。木秀于林，风必摧之。花蕊夫人注定不得安宁，要招惹异性的骚扰。这不，皇上的弟弟赵光义就像一只苍蝇一样

盯住了她，一场厄运从此开始。史书没有交代花蕊夫人是何时死的，怎么死的，而野史笔记中有零星记载。北宋中期邵博的《闻见近录》中说：一日赵匡胤率亲王和后宫宴射于后苑，赵匡胤举酒劝赵光义。赵光义答道："如果花蕊夫人能为我折枝花来，我就饮酒。"赵匡胤命花蕊夫人折花时，赵光义引弓将她射死，随后流泪抱着赵匡胤的腿说："陛下方得天下，宜为社稷自重！"赵匡胤没有责怪他，"饮射如故"。另据《铁围山丛谈》说：一次，赵匡胤与赵光义、花蕊夫人等同在御花园射猎为戏，赵光义借调弓弄矢之际，一箭将花蕊夫人射死。得不到的葡萄，索性毁了吧，这符合有着人格缺陷的强权者的逻辑。水流花谢，香消玉殒，花蕊夫人就这样毙命于两个强权者的争夺之中。

不管历史真相如何，反正花蕊夫人未能得以善终。一缕香魂，如同她水草般茂盛的黑发一样，凄美、哀怨、动人。她的死，给后人留下许多问号。她的诗句，令多少失去血性、苟且偷生的男儿汗颜。

自古以来，心思细腻的女子都很会经营头发，并把

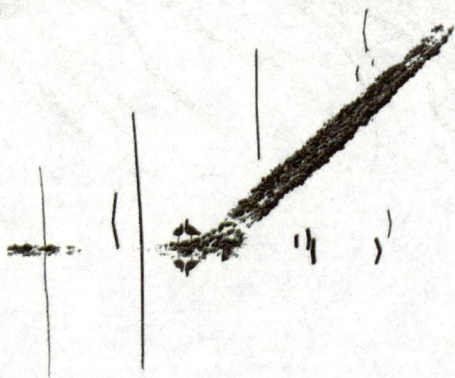

青丝的文章作到了极致。古代女子订婚后，即用丝缨束住发辫，表示她已经有了对象，到成婚的当夜，由新郎解下。《仪礼·士昏礼》中记载："主人入室，亲脱妇之缨。"新婚夫妇，在饮交杯酒前各剪下一绺头发，绾在一起表示同心。古时女子若思念丈夫或情人，就托人送上一只锦盒，锦盒里藏有青丝一绺，细心的还绾成同心。一绺青丝慰离情，远在他乡的人儿，看到带有体温和余香的发丝，便会浮想联翩，"素手擢青丝，织成双螺旋"，往日恩爱的情景一一浮现。隔着时空距离，拂面的青丝、娇羞的模样及纤细的情丝便会隐约、萦绕，挥之不去。这一绺青丝，胜过千言万语。

记得乐府诗中有这么一首调情意味极浓的诗歌："宿夕不梳头，丝发被两肩。婉伸郎膝上，何处不可怜？"发嗲小女子的小动作、小情趣跃然纸上。青丝撩动情丝，温婉缠绵，风情万种，即便是赳赳武夫，也难抵这一刻的撩拨！

"上见其发鬓，悦之，因立为后。"西汉的卫子夫，原来不过是平阳公主家的一个女奴，姣好的面容，加上一头青丝，让汉武帝心旌摇曳。汉武帝怜之宠之，卫子夫登上了皇后宝座。然而，情爱不停留，像春风来又走。当卫子夫红颜褪尽，含冤自尽之时，不知她是否忆起当年汉武帝抚摸一头秀发的情景。"长发绾君心"，这是多情女子的一厢情愿，人世间有多少男子是青丝所能绾得住的呀！痴心女子负心汉，有多少为爱情而飞蛾扑火的女子到头来免不了相思成灰！把一头长发绾成"灵蛇髻"，深得魏文帝宠幸的甄后也不例外，她最后被皇帝下旨缢死在冷宫。舞女李艳娘虽别出心裁，把一头青丝梳成"朝天髻"，与花蕊夫人争宠，讨得后蜀国王孟昶的片刻欢心，但好景不长，不久便"曲终人散"。皇宫里的爱情幻美而短暂，但愿民间的爱情天长地久。

唐代才女晁采赠诗给心上人："侬既剪云鬟，郎亦分丝发。觅向无人处，缩作同心结。"晁采是情感丰富的幸运女子，对爱情的追求含蓄而热烈。她与才子文茂诗词传情，终结百年之好。纵观历史，喊出爱之最强音的当数那位未留下姓名的奇女子。"上邪，我欲与君相知，长命无绝衰。山无陵，江水为竭，冬雷震震，夏雨雪，天地合，乃敢与君绝。"不知这位指天为誓的痴心才女是否找到了可托付终身的有情郎。从后人角度看，其个人悲欢已不重要，重要的是她的一番爱情表白够振聋发聩、惊世骇俗。也许，爱情难以保鲜，美丽注定短暂，但憧憬不会苍白。窃以为，一场轰轰烈烈的恋曲远胜过尘世间那些貌合神离、温吞水般的夫妻！

走出墓穴的梁祝

经过千百年的风雨侵蚀，梁祝墓碑的字迹已销蚀殆尽。

一个看似寻常的傍晚，墓穴豁然裂开，梁山伯夫妇渐渐苏醒过来，从容走出墓穴。祝英台整一整装束，冲恍惚中的山伯嫣然一笑。山伯怔愣了片刻，然后报以灿烂的笑容。

他俩怪异的装束引起路人的侧目。但一位女孩的问话消解了路人心头的疑问。那女孩说：阿姨，今晚到哪个村庄演出？祝英台脱口而出：祝家庄。女孩似有所悟点点头。

回祝家庄的路长长短短，英台依稀记得。英台款步向前，山伯亦步亦趋，依然一副呆头鹅的模样。

不远处传来耳熟的琴声，那是闵惠芬女士演奏的二胡协奏曲——《梁祝》。和着琴声，两只蝴蝶自暮霭深处翩翩翔来，美丽的斑点闪烁不定。

英台摊开玉掌供蝴蝶停泊。蝶翼翕合，如重彩的双唇，诉说着自身酸楚的遭遇。

英台听罢蝴蝶的诉说，双眼顿时成了两泓不枯竭的泉。

山伯扶着英台，不停地劝慰：娘子，别过于伤心，一切都会好起来的。

英台瞪了一眼山伯说：你懂什么呀，你这人太善良，不懂世

情险恶的。

原来，这两只劫后余生的蝴蝶从祝家庄逃命而来。它们告诉英台，祝家庄的人每天都在织网，每天都在诱捕各色各样的蝴蝶，然后制成美丽标本，有的放在梁祝博物馆供游人观赏，有的题上诗句摆摊卖给远道而来的游客。它们因为拒绝自己被制成灵气的爱情标本而夺路逃生。

山伯叹息之余提醒英台：咱们也别回祝家庄了，还是远走他乡吧，找个清静之处安家过平淡日子，免得回去遭双重罪。

英台犹豫片刻后说：你说得有些道理，可我还是想回去看看，我想看看村子里到底发生了哪些变故。我无法想象那里所发生的一切。

由于英台的执拗，山伯无奈只得小心翼翼陪着她向祝家庄走去。

走进祝家庄，已近午夜。那晚月色可正好，月华朗照大地如同白昼。

祝家大院作为当地旅游胜景，已被官方修葺一新，今非昔比。英台察看良久，才确认这是自家院落。走近院门，她看清了门楣上写着的"梁祝博物馆"字样。英台不解其意，抬头问山伯。山伯摇摇头，也说不大清楚。

推门而入，英台见两边厢房陈列着数以万计的蝴蝶干尸，一个个看上去既凄艳动人又惨不忍睹。

英台不忍卒看，挥挥长袖退出院门。

英台对山伯说：我们还是回墓穴中去吧，那里才是我们的家。

山伯点了点头。

英台和山伯没走多远，后面传来了杂沓的脚步声。

成百上千的祝姓村民正点着火把张开大网前来捕捉。

英台挥泪相问：本是同根生，相煎何太急？！

村民们异口同声地说：逮着你们可以卖个好价钱。

英台垂下眼帘，欲哭无泪。山伯喃喃自语：了即好，好即了。

五彩的网中，一对世上最美的蝴蝶束手待毙。

不久，"梁祝博物馆"新添了两张精美绝伦的标本。祝家庄的生意是越做越红火了。

破碎的绽放

如果一个城市太新，我会觉得茫然，而且无依。在新城买了房子的我，依旧住在老城区。我迷恋那些充满旧城文化气息的老街区，情不自禁想抓住往日的影子，只是为了抚慰迷失的灵魂。

穿街走巷，看日渐残旧的老房子被时光侵蚀，慢慢耗掉气息，难免感伤。盘桓在心底的是衰与荣的意象。老去的不只是街巷，还有一个城市的灵魂。流逝的不只是岁月和人物，也有历史的传承和个体的悲欢。

斗转星移，沧海桑田，当今时代，许多东西流失、消逝得格外迅速，犹如快镜头，让人慌张。这世界变化忒快，人心变化也慢不了。也许，一个人在凝望春天，另一个人却已走进秋天，而那个痴痴待在春天里的人，已经拉不住另一个人的手。

某个秋日的午后，我一个人静静地走在热闹的街头，有点游离，有点恍兮惚兮。走到一僻静处，坐下来，面对一棵千年古樟，累了的双眸才有一个落脚点，累了的心才找到停泊的港湾。我对古树特有感觉，古朴、苍迈、深隐、谦恭的树，如一位彻悟的隐士。爱看古树着苔衣。古樟残破的躯干附着幽幽的青绿苔藓，在那里泛着寂寞的情思，像一缕缕将醒未醒的残梦，让我的心一再游离于现实。

与一棵沧桑的古树相对，我感到亲近与笃实。如同与某个异性交往，我会情怯、忐忑，越是接近，就越不知所措。当然，那不是一般的异性朋友。我们相识于少年，相知于中年。有的人一遇见，好似童话里的人物，感觉有一种久违了的东西越来越近，欣赏、喜欢和爱便成了最难把握的尺度，刹那间，心底潜藏着的思念与情愫苏醒了。我相信，这不是彼此一时泛滥的造作情绪！你站在现实的时光里，我守候在空幻的梦里，悄悄地看你，静静地读你。

有没有一种思念永不疲惫？有没有一种情感永不褪色？不知为何，靠近时，情怯挥之不去，我怕相知相惜只是梦中潜入的一缕浅浅花香。我是那样不踏实不自信，那样担惊受怕。我怕某一天你会悄然离开，转身之后，用足迹踏起一路烟尘。当我循着你的背影找你的时候，那一路烟尘迷离了我的双眸。到那时，我也会转身，但我会忍不住频频回头，因为我是那样地不舍、不甘。当我凝眸熟悉而陌生的你时，心扉会隐隐作痛。

只需一瞬，我仿佛抵达白发苍苍的彼岸。我想象，一个阳光和煦的午后，一位满脸沧桑的老太太宁静地坐在一所古宅屋檐下晒太阳，身边放着已被抚摸得油亮的拐杖，一只老猫眯着眼蹲在她的脚边。老太太的目光茫远而混沌，呆呆停泊在四合院的门楣，她在怀想已逝的美好岁月。怀想有时会刺痛心头，她怕那种痛楚。她把目光移向长满青苔的颓门败墙，看着墙头摇晃的一蓬枯草，幽幽地发出一声叹息。忧伤的叹息似一朵睡莲，飘在冰冷的水面，径自惨白。

古巷丁香怨，泪眼看花，墨痕浓浓淡淡。红尘俗世，谁在浅吟低唱。一个人喝茶、看云、听雨，一个人遛狗，一个人的浪漫，一个人的清欢。一个人守着寂寞，一个人地老天荒。记不得是谁说过：一朵花的美丽，就在于她的绽放。而绽放正是花心的破碎。红颜易逝，纵有那万紫千红，终归是落了个白茫茫大地真干净。

现实中的我徜徉在古巷，只是一个旁观者。我凝神一处院门和院墙，心有一份脉脉温情。我真想透过门隙看一眼里边，却迟迟不敢。因为我不知道自己期待的到底是什么，是一位儒雅稳重的青年？还是一位青衫磊落的中年男子？亦或是一位飘着长髯的长者？

我的情愫在滋生，我欲穿越千年的感知，从幻化的情景中找到你。我闭一闭眼睛，平一平心跳，随时调整心理和视觉的差异。不管时光怎样变迁，都会有这样一个人，住在心里，却告别在生活里。也许，你只是深藏不露，内敛于心。你一直就在不远处，凝望并祝福，从未远离。而我，只能收藏并欣赏着，保持物理距离。

古老和当下，毫不做作地交融在一起，我被自己的想象熏得晕乎乎的。我身在当下，心已跨越千秋。我幻化了的心事铺展在斜阳古巷。我相信真诚、坦诚是打开心门的钥匙。我凝望、守望心中的那份美好。

是的，活着，本来就是寻找和守望。要找寻的那个人、那段情，要抵达的那种境界，似乎一直就在灯火阑珊处。也许，我们穷其一生也找寻不到圆满。我相信，极致的情感会升华。延续一份欣赏，做不成伴侣，就保持纯真的情谊吧。当情感超越庸俗，天会变得清朗。此刻，我的心底升腾起一种从未有过的安宁，如入禅境一般。曾经有过的妄执、挣扎都荡然无存。我仿佛看到了一条毛毛虫蜕变为一只蝴蝶。蝴蝶飞不过四季，和流星一样绚丽而短暂，这种凄美让人忧伤。世间原本有许多短暂的美丽，只可远远欣赏，而不必去获取、占有。

只有故土

一

　　一个心灵不再漂泊、躁动的人，与一棵古树、一汪静水多少有些神似。古树深隐、沉静、谦恭，静水波澜不兴，清明澄澈，给人以哲学上的联想和启迪。

　　年少轻狂之时，人总想着外面的世界有多精彩，想着鹰击长空的畅快，而意识不到巢对于鸟、根对于人的意义。当人明白自己是一棵树，甚至是树上的一片叶子时，生命往往到了晚秋。即便到了生命晚秋，能意识到人与土地的亲密关系，明白灵魂需要择地而栖，也不算太晚。

　　一个人的肉体可以走南闯北，但心灵却有自己固守的地方，那地方一定是个可以扎根的乐土，能回到乐土生活的人该是幸福的。在大多数人的心目中，福地乐土通常是指滋养了自己的血地，那里住着年迈的父母和纯朴的乡亲。

　　我不知道生在城市长在城市的人对于土地的感觉是怎么样的。我总认为，城市板结的泥块留不下任何脚印，更无法让人扎根。像我们这些在农村长大、在城市立足的人，对土地的感觉和记忆会格外清晰，对根的感受会特别强烈。我庆幸，自己的地在乡村，根在乡村，童年的脚印留在了乡野温软的田埂上。当我渐渐老去，我又会回到那里，我无处可去。作家刘亮程说："我没有天堂，只有故土。"对此，许多人都有同感，我们的父辈更是如此，他们对土地始终怀着难以割舍的情感，似乎有一根无形的脐带连接着。

　　人到了不惑之年，反而有些茫然、惶惑。惶惑之余，情不自禁地产生这样一个念头，拿出不多的积蓄，买一方乡土，盖一二间瓦房，最好是依山傍水，晨起可观山，暮归能听水，房前留一

小块空地种瓜种豆，这种简朴而实在的日子非灯红酒绿所能相比。可是，我担心，神往的那个美丽而质朴的村庄，恐怕在城镇化的浪潮中丧失了许多珍贵的东西，变得不伦不类。听一位老乡说，村里的四合院全部拆掉，流过村前的那条清亮亮的小溪经常断流，左邻右舍之间的关系也不如从前融洽……不管时光如何变化，生养了我的村庄永远美丽。为此，不会写诗的我忍不住写下了一首小诗，聊抒故园情。

一方乡土温热

乡间土路苗条

老宅院里的井水

清凉如苔

一支竹笛

横在童年唇边

旧事雾般漫起

一弓犁

横卧在黑土地

一如父亲隆起的脊背

母亲蹲下身子

挥动一弯新月

蛙声如潮

成熟的日子

挂在屋檐下

岁月如蚯蚓

悄悄爬上双亲的额头

夜露打湿归乡梦
乡音
浓烈如米酒
乡情
缠绵如炊烟

二

　　对于来自农村的人来说，城市仿佛是个迷宫，待久了，心灵会迷失方向，有时甚至会迷失自己。要找到自己，先得学会放弃，有放弃才有所得。淡化甚至抛开孜孜以求的东西，比如浮名、利欲，当然，这很不容易，这些东西如同亮丽的外套，无疑正成为生命的重负。是呀，放下是很难的。因为放不下，所以不安；因为欲望太多，所以痛苦。我们人类都有不肯放的通病，心中装得太满，手里握得太紧，肩头扛得太沉，这样如何能够活得轻松、爽心？人生不过百年，赤条条来，赤条条去，什么也带不走，放下才是洒脱，提着便是负累，就是这个简单的道理，也不是人人都明白的，即使心里明白，也难以真正做到。我心徘徊，寻寻觅觅，仍放不下一些东西。但我清楚，自己到底需要什么。有一天，我会满怀深情扑向土地，感受土地的温厚与慈爱，感受麦芒般明亮的阳光，感受草垛浓浓的醇香，然后大口大口吐纳，呼吸来自旷野夹杂着青草味、牛粪气息的空气。这可是生命的底气！有了这种底气，人会变得真实、沉稳。必要时，我会重新扛起锄头，像一个地道的农民一样，日出而作，日落而息。在如此

145

亘古不变的生命节奏中，渐渐淡化郁结的东西，掸去心灵的尘
埃，同时明白自身也不过是一粒微尘。这样的日子，简明而透亮；
这样的人生，没有太多的负累。

三

朋友阿桐买下一幢别墅，并买来两棵正值壮年的樟树，栽下
后一棵活下来，另一棵死了。活着的那棵活得健旺、茂盛，死了
的那棵只留下一个问号。同样的阳光、泥土，树龄也相近，为什

么这一棵活下来，那一棵死了呢？樟树是有灵性的植物，它有皮肤、神经组织，有感知能力，且有性格，要不然它不会威风凛凛地站在村口，站成一道避邪的风景。选择死亡的那棵樟树一定是棵非凡的生命。也许，它过于执着，过于留恋原先赖以生存的那方山土，它实在不愿充当城市（生产废气的村庄）的一抹风景。在择生与择死之间，它亦曾有过一番激烈的思想斗争，但是，不愿苟且的性格决定了它的命运。舍生，是这棵性情刚烈的樟树最终的选择。它使我想起了那些不愿苟活、提早入土为安的人们。

假如天空没有鸟儿

在人类历史的幼年时期，人们对自然充满了崇拜、恐惧和敬畏的感情。随着历史的推进，科技的发展，人类征服自然的力量渐渐强大起来，于是，人们就情不自禁产生了一种幻觉，仿佛科技和经济可以解决面临的一切问题。人是一种理性动物，但当群体的物欲、征服欲过度膨胀时，理性往往变得十分脆弱。在自然界中，人类作为"高级灵长动物"，其聪明程度是别的生物所无法企及的。然而，聪明的人类也会做出不明智的行为，如人类的"短视行为"招致了无法弥补的后果——生态灾难。至今，许多灾难就潜伏在我们身边：荒漠化、水危机、臭氧层变薄、酸雨肆虐，物种锐减，病毒滋生……对此，我们当警醒，再也不能麻木或漠然，好在不少人及时醒悟，或反思，或奔走呼号，或自觉行动起来，他们揣着一颗敬畏和忧虑之心，尊重科学，尊重自然，尊重生命，尊重现在和将来，为建立生态安全防线而尽心尽力。这是由人类本性决定的，而能够与天地走向融合，实现天道人愿长相厮守的客观人性基础。

说到人类的失策、失误，恐怕与"单一性"价值取向不无关系。

"单一性导致脆弱性，多样性导致稳定性。"这是生态学的一个基本结论。根据世界保护监测中心估计，目前，地球上大约

有六万种植物受到不同程度的威胁，平均每天有一种灭绝。而巴西环境部提供的最新信息更是令人吃惊，地球上物种的灭绝速度由每天一种加快到每小时一种。世界上已有593种鸟、400多种兽、209种两栖动物以及2万多种高等植物濒于灭绝。造成物种灭绝的主要原因就是人为活动。另据专家估计，地球上约有一千万种生物，热带森林的物种占了50%~90%。而照如今砍伐热带森林的速度，今后30年内有5%~10%的物种可能消失。生物遗传学告诉我们，遗传基因越是丰富多样，其适应能力就越强，在遭遇到环境变化时，生命力相对强大，可得以维持。专家认为，人类、动物、植物之间存在着一种妙不可言的"共济"关系，可以说，人类社会的发展史，就是人类利用野生动植物资源不断发展的历史。"一个野生品种甚至有可能改变一个国家和民族的命运。"这不是什么危言耸听，这是一个已经被证明并将不断被证明的事实。自信、智慧的人类不能片面夸大自身的能力，无休止地向自然索取，毫不怜惜别的生物。人类应该善待自然，对自然存一份敬，一份畏，对地球上的每一物种留一份爱。关心别的生物，其实就是关心人类自己的命运。试想象一下，假如天空没有鸟儿，海里没有鱼儿，大地一片荒芜，勉强活着的人类还有什么生趣和意义！地球上的每一个公民都该明白：失去理性的索取、破坏，无疑是在缩短人类自身的生存旅途。

生物多样性关系到生命能否在地球上持续生存的根本问题。同样，文化多样性也关系到人类历史能否稳步、健康发展问题。生物多样性给予我们警示和反思：任何生物都有其存在的合理性，文化亦如此。审视每一种文化，应该以一种宽容的心态，置其于一定的文化背景和土壤中。"多样性的文化就像多样性的基因一样，具有极大的调整，适应和变异的潜力。""美人之美"，"和而不同"，了解、理解、欣赏别的文化的优势和美感，同时积极促进文化交流与沟通，这是人类共同走向和平、繁荣的一条坦途。而任何企图以一种声音、一个模式、一个中心、一种价值标准强加于他人的行径最终都会被人唾弃。

纵观人类历史，在帝权和神权统治下的整个时代，人类处于思维单一化、文化单元化的过程。单一性意味着无聊、枯燥、没落，多样性意味着丰富、复杂、鲜活。而人类"中世纪"恰好是最腐朽、枯燥的时期。欧洲的文艺复兴是人类发展史上的一个伟大创举。文艺复兴运动突破了单一的宗教文化，走上"文化多元化"之路，为欧美物质文明、经济多元化和政治多元化的发展奠定了思想基础。多元化给人类带来了新气象，给社会注入新的活力。我国的春秋战国时期，思想活跃，文化繁荣，科技进步，形成"百家争鸣，百花齐放"的多元化局面，出现了老子、孔子等闻名世界的大思想家。他们的思想构成了中国传统文化的主体，散发出灿烂的智慧之光，是后人用之不竭的智慧源泉。

改革开放以来，我国打破了计划经济的单一性，生产力获得了前所未有的解放，每年 GDP 的高速增长足以说明一切。然而，"中国正以历史上最脆弱的生态系统承受着历史上最多人口和最强的发展压力"。我们反思一下，是否刚刚打破旧的单一价值观，继而又陷入新的单一经济价值取向呢？发展是硬道理，发展应以人为本，这也是硬道理。在单一经济价值取向的思维方式下，我们看到了一些非理性行为：圈地运动、开发区热、招商引资热、能源开发热等，热潮一浪高过一浪。以致我们不得不重新投入更大的人力、物力去治理各式各样的生态污染，而其中有许多损失已经无法挽回。经济学是讲求"经济"合理配置与节约使用资源的科学，反对如此的工业化、现代化结局。一些有良知的专家指出，必须改变那种为了局部和眼前的经济利益而损害社会经济整体与长远利益，破坏社会、经济、人文、生态之间的相互和谐，并最终引起人力、物力更大浪费和人类实际生活质量下降的经济增长方式。多年以来，人们更多的是在考虑 GDP 的增长，而忽视了别的衡量指标。如果彻底反思一下，我们所建立的经济价值观和发展模式，是否又染上了"单一性"思维的老毛病呢？

老 家

　　走出这个村庄已有二十余年了，村庄上的许多东西已今非昔比，但也有一些东西没有改变，或者说变化不大，像眼前的这棵古樟，它依然枝繁叶茂，稳扎在村口有三百多年，如一位老寿星，不动声色地看着日出日落，世事变迁。一茬一茬的儿童在古樟下蹒跚学步，一茬一茬的少年接起人梯爬上树的顶端掏鸟窝，一茬一茬的老人在古樟下纳凉，并说着往事。纳凉的老人慢慢减少了，而新一批老人又来了。对于古樟来说，这一批老人与那一批老人是没多大区别的。人呀，就像田野上的庄稼，一季一季，

青了又黄，黄了又青，也像这溪里的长流水，无声无息地流走了，什么也没留下。

流走的是水和时光，而桥是不走的。村口那座桥永远在等待，等待如蚁人群踩过自己的脊背，等待岁月一点点风蚀掉身躯，留下沧桑的痕迹。本来，这座桥是弯着身子的，数年前一场狂风暴雨冲垮了弧形的桥面，只留下结实的桥墩。不久前，村里人集资建起了一座笔直的大桥。题写桥名的时候，一位村干部想起了我们。这位村干部递过一支香烟请我丈夫题写桥名。丈夫欣然答应。当石碑竖立在大桥头时，却不料引起一场风波。有位村民说：桥是大家集资建的，为何石碑上却要刻着一个外姓人的名字。村干部苦口婆心作了解释，说：这个名字只是代表题写桥名的人，没有别的意思。再说，他也是我们村的女婿呀。那个村民说：这户人家迁出去有三十多年了，他们早就不属于村里人了。

　　村民的话语使我们一家人都感到伤心。乡情，难道只是远离乡土者的一厢情愿？每年回乡祭祖的时候，我们一踏上乡间土路，就会大口大口吸纳周围泥土和芳草的气息。故乡的一棵老树、一堵土墙、一口水塘、一缕炊烟都撩人思绪，勾起回忆。岁月会淡化乡音，但很难销蚀乡思乡情。也许再过一些年头，村里人就认不出我了，而我依然会指着这个村庄说：这是我的老家。

　　一头黄牛从高高的沙溪岗那边漫不经心走过来，它走在人的前面。这头牛和这个人我不认识，他们肯定也不认得我，可我认识这条高高的沙溪岗及岗上的一溜楝树。这条沙溪岗是我八九岁时筑的，那时候人心比较齐，村干部召开全村动员大会，说要筑一条沙溪岗防洪。全村男女老幼便倾巢出去，大干快上。沙溪岗

是用沙土和着石灰筑成的，它很结实。

这条沙溪岗还有另一个用途，在岗上挖一个不大不小的洞，在里面贮存番薯，待来年初春挖出来铺排在沙地里，就可以育番薯种苗。种苗运到四面八方卖掉，能得到一笔可观的收入。那个年代，许多东西都被"割资本主义尾巴"割掉了，但村里的这个"副业"始终没被割掉。掏空的番薯洞是孩子们玩捉迷藏的好地方。我有一个堂姐叫兰兰，她比我大三岁。有一次，她与小伙伴一起出去割草。大家割好满满一篮草后就在溪岗上玩捉迷藏，有的躲在桥洞里，有的躲在树权上，有的躲在岩石后，而兰兰却躲进番薯洞里，身上盖了些稻草，兰兰在草香和暖意中睡着了。小伙伴们怎么找也找不到她。到了晚上，着急的父母、邻居不停地找，也不见她的踪影。于是有人说，兰兰多半是被游魂野鬼叫走了。她父母于是请人拿来一面铜锣，绕着村子边敲边喊：回来哟，兰兰，回来哟，兰兰。过了几个时辰后，兰兰拎着一篮草回到了家。她作了解释，但大人们听不进去。由于这件事，兰兰从小就受到同伴们的冷落、歧视，大人们也对她另眼相看。也由于这件事，兰兰变得敏感、内向。但兰兰读书非常用功，成绩很好。1980 年，她考上重点大学，成为村中第一个女大学生。兰兰毕业后做了北京人，事业发展得很好。远在北京的兰兰对自己的老家有着一份复杂的心情。她很少回老家。她说自己常在梦中回到老家，常常独自走在家乡的土路上，一不小心就掉进洞穴。

简单而快乐

一位年过四十的个体老板说：我一直以为金钱是万能的，有了钱什么都能得到满足。我现在拥有资产数千万，小别墅、名牌轿车、豪华家具等应有尽有。我当上市政协常委，常出入高档酒店，所交往的人都比较有档次，想办事情也是"一路绿灯"。应该说，我活得够风光、体面、潇洒，可是，当夜阑人静之时，我会觉得茫然。后来，我看了一本书，终于明白了一些道理。原来，金钱可供享乐，但不能带来快乐，享乐是肤浅的，它与真正的内心快乐没有必然的联系，财富的增加并没有使人变得更加快乐、幸福。

一位年轻有为的官员说：我在政界奔波忙碌了十多年，混到如今这个位置，可谓"春风得意"。然而，这一二年来，我有一种疲惫感、空虚感，我丧失了生活热情，觉得一切都很乏味。说实在的，我找不到内心的宁静和快乐。许多时候，我脸上挂着笑容，心里却不是滋味。我的内心与表象剥离。我的笑容是僵硬的、虚假的、机械的。我的周围不乏"朋友"，可我总觉得自己很孤独，那是一种揪心的孤独。在行政界，几乎找不到不戴面具的人，情义经不起检验、击打，利益却是永恒的定律。

一位颇有建树的文人说：以前写文章的时候，前方有东西诱惑着自己，后面有动力推着自己，激情像打开的高压水龙头喷涌而出。自从出了数本文集，得到一些小名小利后，心如冷却的篝火，别说写作的才情、激情消失殆尽，就连欣赏别人作品的兴趣也没有了。不知为什么，我提不起精神来，没劲，真没劲！也许是这个时代不适宜写作，也许是浮躁的心境心态所致。如今的我，只感到一种莫名其妙的压抑。我真想独自跑到高山上，长号或痛哭一番。这一阵子，我总在怀旧，我怀念老家的四合院，怀念家乡清澈的小溪和如绿丝绒般的山坡，怀念过去的童稚天真和灿烂笑容。我渴望，渴望开怀大笑，渴望神游八极，我甚至渴望愤怒。可如今，逝者如斯。莫非我的情感日趋枯萎？

　　一位大学教授说：我出生在一个贫穷的山村，年少时喜欢独自对着一弯冷月遥望未来，喜欢躺在木板上做梦。我曾梦见自己戴着一副眼镜，穿上笔挺的中山装站在讲台上为学生讲课。当时，我的理想就是做一名教师。在我将近而立之年，我们国家恢复了高考，我有幸考上大学。经过数年拼搏，我又考上研究生。研究生毕业后，我留校教书，一年后便成了大学讲师，圆了儿时的美梦。过了几年，我评上副教授，又过了数年，评上教授。这一步一个阶梯，仿佛是玫红的梦。不，比梦更精彩、更诱人。奋斗过程虽饱含艰辛，但更多的是追求的快乐和充实。对我来说，

人生旅程一帆风顺。可是，人在满足之余又会觉得若有所失。这几年，我睡在席梦思上，发现自己连梦都很少做了。地位、名誉、房子、票子都得到了，我该知足、快乐才对，可我的心灵却蒙上了一丝惆怅的阴云。我快乐吗？当然，我应该快乐。可是，说实在的，我不太快乐，或者说，我感受不到真正的快乐。有时，我也笑，但不是那种舒心开怀的笑。我问自己，这是怎么了？我为什么不像以前那么开心？是浮躁的心境所致吗？

有位哲人说过：人总是像钟摆一样，在"欲望"和"厌倦"之间摆动。就是说，当你的愿望得到满足后，你就会感到厌倦。那位大学教授经过思考后，得出如下结论：所谓的快乐和幸福，必须具备三个条件：一是物质上获得适度的满足。快乐和幸福需要一定的物质基础，但只是"适度"的满足就够了，不必应有尽有。生活需要缺憾，有匮缺才有满足。二是心灵获得充实，精神上得有整体的拥有感，比方说拥有美好的情爱。有位诗人说：人生的美丽就在于它有情、有爱、有牵绊。可如今，真正的情爱太难找了。三是有理想。现代社会大多数人只有打算没有理想，打算是近期的，功利性的，而理想是遥远的，宏大的，非功利的。

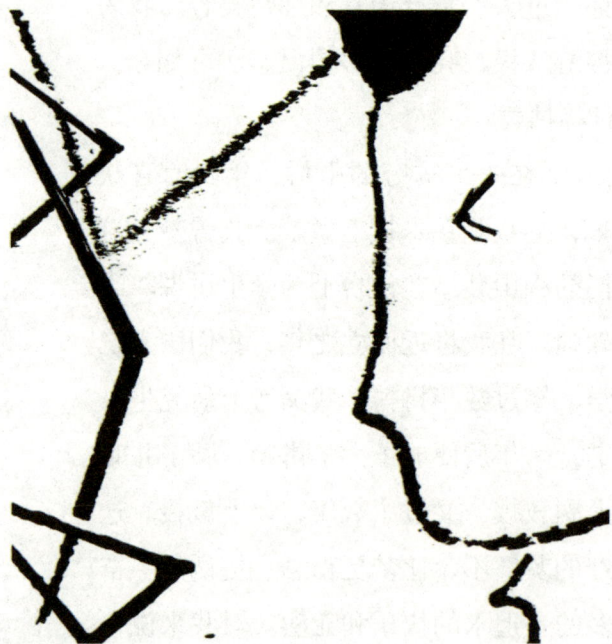

　　有位叫丽莎的老外说：真正的快乐和幸福来自发现真实独特的我，保持心灵的宁静，悠闲地生活着。老外的观念源自东方哲学。淡化金钱、名利，走进自然，听鸟声和鸣，看白云悠游，到青山绿水中寻求心灵的平静安逸，要不就在日常生活中挖掘、寻找生命的真实和意义。当你为琐事纠缠时，想一想这些事情的利与弊以及价值所在，勇敢地放弃和索取；当你为加薪或升迁而烦恼时，抛开不必要的欲求、虚荣和贪图享受之心，自己动手干些事情或看看山川美景，享受简单的乐趣和做每一件小事情的过程之美，这样，你便进入快乐的森林，一切变得清新而明丽。寻求快乐和幸福的途径就这么简单？的确，许多我们一直以为很复杂的问题其实就这样简单。当你用一种孩子般纯洁的目光观照生活时，你会发现许多简单的东西才是最美的，而许多美的东西正是那些最简单的事物。简单意味着快乐，复杂只会使人精神困惑、压抑，甚至枯萎。

善待土地

在世界各民族神话中，人类始祖不约而同地认为各种肤色的人是由天神用泥土和水创造的。我们的先民对泥土怀有一份深厚的景仰和感恩之情。土地给予人类实在是太多太多了。沉默、厚重的泥土谦卑地位于人类的脚下，但它却承载世间万物，生长鲜花佳果、五谷杂粮，供奉一切生灵，切换四季美景，让人感知冷暖美丑⋯⋯

泥土是生命，是希望，是力量。古希腊神话中的安泰离不开泥土，唯有贴近泥土，他才能获得巨大的能量。几千年前，春秋时期的晋国公子重耳被晋献公妃骊姬陷害，被迫流亡周游列国，其间挨饿受辱饱经风霜，行至五鹿时实在饥饿难忍，于是向一农民讨吃。这个伟大的农民却意味深长地给了他一大块泥土。重耳大怒，想用鞭子抽他，却被智慧的狐偃拦住，说："这是上天的恩赐啊。"重耳听了顿有所悟，就恭敬地向这个农民磕头，并收下这块泥土。多年后，重耳果然做了国君，成为春秋五霸之一。

站在高山之巅，展望莽苍大地，顿觉大地是一张展开的素宣。劳作的人们挥汗耕耘，把种子和希望撒入土地。土地富有生命和情感，它会呼吸，会吐纳，也懂得馈赠。它使种子生根、开花、结果，使希望长成参天大树。于是，神奇的黑纸、黄纸、红

纸上生长出斑斓诱人的色块，如诗如画。不，任何诗画都无法与之相媲美。人们不禁感叹：最高明的画家也描绘不出自然景致，最精美的诗句也及不上这满目风光。

土地是承载万物的摇篮，人类在它宽厚的怀抱中渐渐成长，从远古蛮荒走向现代文明。有人把一方故土称为"血地"，远离家乡的人儿，包上一抔"血地"的泥土，便能吸取母地的力量，抗病消灾，同时，血液中也融入了浓浓的故园情。树高千尺，叶落归根。每一片凋零的枯叶都满怀深情地扑向大地，因为大地是如此的温暖、宽厚、博爱。

土地的确是有生命的，山脉是它的骨架，河流是它的血脉，草木是它的毛发，湖泊是它的眼眸。大地多像一位有血有肉的巨人，只要我们贴近它，侧耳细听，便会听到它的呼吸和律动，也会感受到它温润的气息。土地会冬眠，也会苏醒，会欢笑，也会愤怒，会感恩，也会报复。当轻盈的雪花漫天飞舞时，大地会垂下眼帘，在松厚的雪毯下沉睡。当春天的鼓点隆隆响起，大地便骤然惊醒，它热血奔涌，精神抖擞，勃发出盎然生机。大地张开巨掌，把麦苗往上送，把花朵往上托，把柳树摇绿，把河流山川唤醒。大地博爱，它把春天的请帖送往四面八方；大地宽容，它容纳腐朽，化为神秀。

一方水土养一方人，一方水土孕育一方文化。西起雪域高原，东到宝岛大洋，北至白山黑水，南到天涯海角，源于极富个性的地域，中华文化丰富厚重，精彩纷呈。京都文化、海派文化、江浙文化、岭南文化、湖湘文化、荆楚文化、巴蜀文化、徽州文化等，极富个性魅力。人因地兴，地以人传。土地孕育了文化，文化又滋养了代代"风流人物"。

古人云，混沌之气，轻清为天，重浊为地。天为阳，地为阴。人禀阴阳之气，生生不息。太阳是父亲，土地是母亲，人类是天地的子女。作为子女，在接纳馈赠的同时，也该懂得回报。善待土地，这是人类的天职和福祉。

拽住她的衣袖

一

　　暮秋，一个让人略感寂寥和忧伤的季节。南国某沿海城市。入夜，雨丝悄然飘洒，轻柔如风。一青年男子，穿一件咖啡色短夹克，灰色宽松裤。他目光散淡，茫然站立在一张巨型广告牌下。因雨丝及灯光的作用，那件夹克看上去像是刚刚上过光。广告牌上画的是一位半裸浴女及一只樱花牌热水器。雨丝在灯光下被放大，飞蛾般纷纷扑向浴女，浴女丰满的胸臀顿有一种润滑鲜亮的质感。广告牌下的他，不经意地抹一把短须上的积水，然后从前胸衣袋里掏出一包健牌香烟，叼了一支嘴上，又摸出一个液体打火机，俯下头去，双手遮住火苗，点着香烟，很有味地吸起来。

　　不远处一辆半新旧黄包车放慢速度缓缓来到他跟前。踩车的披一件塑料薄膜雨衣，鞋上套着两只"日本超级市场"字样的食品袋，样子相当滑稽。车夫扭过头来，用询问的目光打量他，一见他无任何反应，便加快速度，沿湿漉漉的口字形大街去了。

　　过了片刻，这辆半新旧的黄包车又折了回来。车夫很带劲地踩着，身子左右摆动，臀部略略抬起，样子有些夸张。车上载有一位女子，她一袭黑衣，苍白的脸在灯光下一晃而过，然后连同那黄包车消失在黑蒙蒙雨夜里。湿润的夜色把那辆车吞没了。

二

桥头林家食府。五六个司机模样的男子正与三个穿质地粗劣A型裙的姑娘调笑。透过雨水打湿的窗玻璃，男男女女的脸看上去有些失真，像是印象派画家笔下的肖像画。女人放肆的笑浪及男人嘶哑的喊叫从气窗飞溅出来，给这黑蒙蒙的雨夜添了几分热闹的暖意。

他睃了一眼室内的情景，皱了皱眉头。然后，他把夹克领子竖起来，加快步伐走向大桥。江面上的风已透出寒意。

桥上湿渍渍的。那一袭黑衣的女子倚着栏杆，俯首看着桥下奔流不息的江水。

他看不清女子的面孔，但他已感觉到那女子身上散发出的悲戚、绝望气息。如此清冷的夜晚，岂有哪个女子饶有兴致欣赏湍急江水？

他的心一阵紧缩。脑际掠过沉重的一幕：

那个叫谭大伟的青年男子曾在江边徘徊了好一阵子，像是寻找什么失落的东西。后来，他走到桥中央，抬头看了看天，然后迅速跨过栏杆，直着身子"咚"的一声下去了。他的尸体在百米外的下游被发现。

面对眼前的黑衣女子，他急步冲过去，一把拽住她的衣袖。

"嗨，想做糊涂事吗？"他几乎吼道。

女子惊愕地回过头来，歪着脑袋凝视着他，目光咄咄逼人。

"江水很冷的，这不是好归宿。"他逼视着她的眼睛说。他的手紧紧抓住她的胳膊。

"你弄疼我了。"她指指自己的手臂。

"哦，对不起。"他露出歉意的笑容，同时松开手。

在路灯的亮光下，他发觉这女子长着一副古典的面孔。她面孔白皙，皮肤细腻，绝非化妆产生的效果。

"你以为……"她露出善意的笑容。在这阴晦的夜晚，她的笑脸如月光下摇曳的白玉兰。

他欣赏她的幽幽笑容。他已好久未看到这妩媚的笑了。

"挺像那么回事。"他点点头说。

"如果真是那样，你就积了大德。救人一命胜造七级浮屠。我让你失望了吧？"她半揶揄、半认真地说。

"嗯，有点，"他顺着她的口吻说。"面对一个绝望的人，谁都不会袖手旁观。人毕竟不是冷血动物。"

"真是这样吗？"她用疑惑的口气说。

他又点了点头。她把目光投向江面。

"我这么站着，是有些不可思议。"她自语道。

"你听说过吗，人们都称此桥为'黑色长虹'。有人做过统计，近十年来，从桥上跳下的不下二十人，就在不久前，近郊一位村支书从桥上跳下，当时我正经过大桥，亲眼目睹了惨剧发生。这事太突然了。当时我离他较近，冲过去想拽住他，但还是晚了。"他说。

"哦，你怎样看待他的死？"

"我觉得他是农民的代言人，是时代英雄，他让我想起了嘎达梅林。悲壮，太悲壮了！"

"你说得真好。可惜呀，当时你来不及拽他一把。"

她陷入沉思。此刻，她的耳畔响起一个男中音，舒缓如长调，忧伤如破碎的青花瓷。"北方飞来的大鸿雁啊，不落长江不起飞，要说造反的嘎达梅林是，为了蒙古人民的土地……"《嘎达梅林》的旋律不停重复，一唱三叹，仿佛忧伤的亡魂在江面上空迂回，久久不愿离去。

"这么晚了，你一个单身女子不怕吗？"他问。

"我有保安人员。"她用手指了指桥头那辆黄包车。车夫躲缩在阴影里，似在闭目养神。

"即便这样，我还是不明白……"

"告诉你吧，我是记者，我要写点东西，需要现场感觉。"

"哦。"他似有所悟。

临别时，他从夹克袋里掏出一张名片，递给她。她未瞟上一眼，随手放进黑风衣口袋中。

"我到时把文章寄给你，无论你在哪里。"

她边说边与他道别。他目送她跨上黄包车，直至那车消融在黑色中。

三

两周后，他收到了她邮来的函件。内无片言只语，只有一篇题为《为了最后一块土地》的报道赫然在目。文章所披露的就是东山村的土地案。

　　"再也不能败土地了，土地败了，村民们吃什么？！"东山村党支部书记兼村主任谭大伟生前的话语犹在耳边。

　　谭大伟留下遗书一封，内容如下："东山村原有良田一千三百多亩，近几年来，或卖或租，建工业园区、造别墅等陆续耗去土地九百多亩，余下的四百多亩土地再也不能动了，这是父老乡亲的保命田啊！望上级党委、政府把东山村作为重中之重来抓。今后村干部真正做到立党为公，执政为民；做到情为民所系，权为民所用，利为民所谋。同时希望东山村的父老乡亲团结一致谋发展。领导、父老乡亲、亲人，我对不起大家。没有

想到，上任之时，却成了离别之时。"

"上任支部书记败了那么多良田，他们还逼着我出让土地给黑马公司。他们把我逼到崖上，我是无路可走了。"谭大伟对妻子说。9月2日中午，开完镇党政领导督阵的村现场办公会后回到家中，谭大伟愁眉不展，一根接一根抽烟。

……

哦，她是一个非凡的女子。他叹了一口气。

四

一场旷日持久的离婚大战搞得他身心疲惫不堪。五年的婚姻破碎得惨不忍睹。他现在什么也没有，房子及一切家产皆归前妻。幸好没有孩子，否则事情会更糟。他只拾掇起自己一颗破碎的心及数箱厚重的书籍落荒而逃。他真的一无所有，真如歌中所唱的。他只好寄住在朋友马雄壮家的阁楼里，苟且而潦倒。每次猫着身子走进阁楼，他总怀疑自己是否回到人类上古时代。对此，他只好独自摇头叹息。

近来，雄壮家也起烽烟。雄壮的妻子名叫若珍，是个不安分的女子。他第一眼看若珍时便有这种感觉。生性憨厚的雄壮怎么会撞上这么个轻佻风骚的女子！

据雄壮透露，若珍与底楼的出租车司机"油泡"关系暧昧已有些年头。前两年雄壮睁一眼闭一眼麻醉自己，理由有两条：一是念若珍在自己患黄疸肝炎期间殷勤侍奉，忙里忙外，打理家业，很是难得；二是雄壮病好后，热衷于练气功，性欲的确大减，若珍饥渴也是可想而知的。可最近一个时期以来，若珍太过分了。她居然不顾左邻右舍的眼目，把"油泡"邀进自家屋里举杯对斟。

那天晚上，雄壮说好去后山练气功的，但在途中遇到儿时的伙伴"沙家浜"，"沙家浜"执意要到雄壮家看看，雄壮只得折回家。若珍与"油泡"刚开箸便被雄壮撞上。雄壮一阵热血冲上脑门，他顾不得老朋友在场，径直走到若珍面前，抽了她三个耳光，尔后翻了饭桌。一席酒菜狼藉满地。

"油泡"落荒而逃，边逃边说，莫名其妙，莫名其妙。

雄壮着实发了一通雄威。雄壮对"沙家浜"说：我忍了她那么多年，她却爬上头来了。我一个大男人，日子好受吗？人家怎么说我自然听不见，左邻右舍的目光可比针刺还难受呀！

"沙家浜"惊诧之余不住地点头。他没料到雄壮的日子是这么过的。

什么样的日子都得过呀！当"沙家浜"向他讲述雄壮的惨景时，他作如此感慨。其实，他这句话也是说给自己听的。

又是晚秋季节，他独自一人徘徊夜色中。去年这种夜晚，他受不了妻子的嗓音，夜夜外出，风雨无阻，踽踽独行，如一只孤独的狼。在他心目中，家只是一个抽象的概念。今年他的心境依然落寞。他只得在街上漫无目的行走。他穿一件黑色衬衣，宽松裤仍是去年那条。他穿过车站附近那张广告牌，然后步向江边。借着微弱的灯光，只见桥上那处栏杆依稀有人。待走到近前，才看清那是个留长发的男性公民。他忽而忆起那个叫适然的女子，

她的灿烂的笑容及笑容背后的郁然目光，还有那篇题为《为了最后一块土地》的报道。如今，不知她身在何处？一切可好？他顿时生出莫名的挂念。聚散皆是缘哪！若真有缘，就会再度晤面，他想。

五

    他拖着沉沉的脚步上楼，神情阴郁。他机械地摸出钥匙准备开门，抬头发现适然站在门旁。她穿一件姜黄色紧身羊毛衫，一条银灰色薄呢短裙，显得娇俏美丽。

    "嗨，你好。"她说时伸出纤纤玉手，既大方又持重。

    "等久了吧？"他的脸上挂着歉意的笑，心里流淌着暖意。

    她摇摇头。

    "近来好吗？"他说出的只是一句平常的问候。

    "谈不上好。你呢？"

    "彼此吧。"

    他们互相注视着，半晌没有说话。

    她紧挨着那扇小窗坐着，目光投向窗外，安静得如一尊雕塑。

    他们静守着那份宁静和默契，谁都不愿用话语来打破，而心灵的潜流却在汩汩诉说。

    过了一会，她立起身来，说自己得走了。

    他默默地点点头。她终究要走的，这一点心里十分清楚。

    希望再见到你，他喉咙里转着这句话，但还是没说出口。

    他送她到楼梯口，他们又轻轻地握了握手。他顿时感觉到她指尖透出的细细热流。此刻，他恍然大悟，自己是该挽留她的。他呼唤她，但她已翩然而去，只留给他一个模糊的背影。

那是个躁动不安的夜晚，他久久地徘徊在梦境中，忧伤撞击他的胸口。他惊醒过来时，额上冒出豆状汗珠，心口仍隐隐作痛。

六

没过多久，他收到了一个邮件。他瞥一眼地址，知是她寄来的。不过，信封上的笔迹看上去相当陌生，与上次苍劲的字体大不一样。这回寄来的该是她的近作吧，他想。他叼了一支香烟，点燃，猛吸几口。他的烟瘾是越来越大了。他若有所思打开报纸浏览着。蓦地，他的表情一下子僵住了。他随手撤灭香烟，睁大眼睛看了看。没错，《透视华林村土地黑洞》的作者适然，围着一后加的黑框框。同时，一张便条滑落，条上写着几行字：

我是适然的同事。适然身上表现出的良知、勇气和责任心为广大同仁所折服。她是值得骄傲的好记者。适然一年前得了绝症，一周前去世。临终前她曾把你的名片交给我，并再三嘱托，最后一篇文章一经发表即寄给你。她还告诉我，你们虽是萍水相逢，只有一面之交，但你在她生命之光最为惨淡之际，拽住她的衣袖，给过她一丝暖意……

百年好合

　　向晚，一个诡秘、宁静的时间段。我站在阳台上，有点茫然。夜色渐浓，天上忽然下起雨来，雨声如忙碌的算盘珠劈劈啪啪。这季节，天气如同矫情的女人。我关上门，独自坐在灯下冥想。

　　这个下雨的晚上，我的心躁动不安。那本翻开的《十二楼》始终吊不起我的胃口。还是搁着吧，不必勉强，一切随缘。这正像我与前妻的关系，我们结婚不久就匆忙离婚，就是因为缘分太薄。我们的婚变让了解和关心着我们生活的人们吃惊和猜疑。婚前，我们相处得不错，婚后，彼此却觉得难以容忍。那张鲜艳的结婚证如一道燃烧的屏障，烤炙着彼此的灵魂。婚姻让我变得迟钝、麻木，却使她变得异常敏感、刻薄尖酸，甚至歇斯底里。说实在的，我们都没有第三者，也没有难以启齿的毛病，性格也不乖戾。也许是寄予了太多的厚望和幻想，一旦摘去面纱，抹掉雾霭，便会倒吸一口冷气。婚姻让我们的激情冷却成灰烬。面对一堆白灰，她感到窒息，我也百思不得其解。有一天晚上，我散步回来，对她说，很抱歉，我可能敲错房门了。她也不虚伪，淡然一笑说，那就别进门了，免得浪费时间。分手的过程，简单如一道算术题。我们多像两位智者，明晓事理，干干脆脆。

　　我从卫生间出来，看见家门仍开着。我曾经关上门的，怎么门又开着。我老是犯这种错误，我为自己的健忘而惊悸。健忘是衰老的表现，我才三十出头，还不至于这么早就衰老吧。记得上个月十号，我刚领了工资，午睡的时候，忘了把门关严，小偷长驱直入，从容不迫，取走了我兜里、包里所有值钱的东西。这年月，贼贼多。小偷还盗走了书桌上的半包云烟，然后留言：兄弟，和谐社会，有福同享。这是一个可恶而有趣的小偷。我在那个中午睡得异常踏实、香甜，梦中还倚在吧台一角喝着醇香的咖啡呢。老板娘玉指如葱，她不停地给我加方糖。我说够甜了。她笑着说，让你一次甜个够。

　　我刚关上门，居然有人来敲门。谁？门外的人没出声。是谁？我再问。是我。答者声音温软轻柔。开了门，见到一张清新、生动的面孔。那是冯津津，我中学时同学冯天的妹妹。虽然有些年头没见面了，但彼此感觉不那么陌生。津津比以前略微丰满些，但依然是那种苗条型女子。以前的津津瘦得如一杆青竹。

　　津津说自己有事找住我隔壁的池局。我说老池他好像出去了。津津说自己必须等到他。我说，那就进来坐会吧，老池说不定晚些才回来。津津进来落了坐。我倒了杯开水，里面放了几朵桂花，那瓶桂花糖是我姐姐从乡下带给我的。津津像是口渴了，她接过去喝了一口，然后说，我在家也喝这个，味道真不错。是吗，我为此感到高兴。

　　哎，你可以拨打老池的手机，我说。

　　他关机了，津津说。

　　哦，那就只能等了。

　　是的，只能等了。

我们在那张靠窗的长桌前坐下。窗外的雨声滴嗒有致地下着，室内的灯光富有情调。

津津说，今年夏天一点也不热。

是的，想必冬天也不会太冷，我说。

我倒喜欢四季分明。我也是。记得小时候，冬天的雪花又大又好看，掉在手掌上也不会一下子化掉，屋檐下的冰凌一根根挂下来，像擦亮的刺刀，冬天的风景使人精神抖擞，有所期待。

我忽地忆起一篇小说——《暧昧的季节》，小说写四个男女（两对夫妻）外出旅游时产生的暧昧情感。故事自始至终笼罩着一种暧昧气氛。我忍不住笑了。那篇小说的作者不是别人，就是我。

她注意到我的笑容，似乎领悟到什么，也露出飘忽的笑意。

我忍不住想抽烟，但又克制住。这时，隔壁传来开门声。我说，可能是老池回来了。

津津欠了欠身，走到门口，谨慎地探出身子，立即又回来。

那不是老池，是老池的妻子。津津边说边又坐下。

老池妻子好像身体不太好，面呈菜色，而且进进出出没什么表情。

听说是美尼尔氏综合征。

哦，是这样子。

我点了支烟。

老池这人看上去总有心事的样子。

谁看上去没有心事呢？

我无声地笑了笑，然后转了话题。

你还在原单位？

其实我根本不知道她在哪个单位。

不，我下岗多年了，日子过得比较艰难。

唉，有些事总让人透不过气来。

我在老池单位做临时工已经有三年多了，眼下有个转正机会，我想请老池帮忙。

老池他人不错，肯定会帮忙的。

那也难说，什么事都不容易的。

我同意她的看法。

你先生他……

我们离婚了。津津边说边撸了一下长发。

对不起。

没什么。我的婚姻解体过程相当滑稽。

滑稽吗？我不解其意。

是的，只有滑稽这个词语才能表达。我前夫他是湖东村人。在城市拓展过程中，村里百分之七十的土地都被政府征用盖高楼。那年，村里出台了一项政策，湖东村每家每户可分得一百多平方米的商品房，离了婚的夫妻，单身一方可分得一套小户型的住房，面积是七十平方米。为了多得这小套房屋，村里有一百多对夫妻假离婚，私下签了协议。

你也不例外？

是的。双方老人做担保，说好等一切妥当后复婚。一年后，房子分下来了，他却变了心。他和一个外地洗头妹好上了。

双方老人不是做了担保吗？

婚姻，谁也无法担保。没想到，夫妻纽带这么脆弱。一百多对离了婚的夫妻，复婚的不到半数。走出婚姻的男人可能都想图新鲜吧。

听了津津一席话，我无言以对。这种结局是有些滑稽。

那一晚，她等到十二点，老池还没回家，她不好意思再坐下去，就在十二点钟声响起时，她起身回家。

第二天晚上，津津在楼梯口碰到老池，老池说自己有贵客在华侨宾馆等，只好抱歉了。津津一脸沮丧，踏进我的家门。

找老池也真不容易，白天，他又不在单位。

要不我替你跟老池说说看。

这样行吗？

我试试看吧。

津津如释重负，叹了口气。

第三天晚上，津津悄悄走进我家。她告诉我，自己白天已找过老池，那事没什么指望了。

老池他不肯帮忙？

老池说自己想帮忙，关键是看对方乐不乐意接受。

这是什么话？

老池一定是饥饿了。

津津说完这话，咧嘴一笑，她笑得有些勉强。

我拿出一根烟，点燃，猛吸几口。

能给我支烟吗？

我当然没有拒绝。

老池以为离了婚的女人就该贱，可我再贱也不想上老池的床，他那一口黄牙看着就叫人恶心。津津的情绪较为激烈。

老池真的是畜牲！我忍不住骂他一句。

津津看上去有所失控，她抽烟的姿态有些轻佻，她指甲油的颜色鲜艳欲滴。

我连忙安慰她：津津，无所谓的。这世上又不是只一条路。陆路不走可以走水路么。你学过五笔吗？

会一点，不是很熟练。

我可以帮你引荐。我们市府大院有文印中心，那里或许需要人。

进文印中心也需要路子的。

我可以努力努力。

为津津的事，我忙乎了一阵子，虽说不是那么容易，但总算是办妥了。津津开心，我比她更开心。

她拿了第一个月的工资说是要请我客，我婉言谢绝。我知道，那几张票子来得不容易。

有一个晚上，津津突然来访，她把门捶得震天响。我开门时，看见老池正阴着脸，拎一袋垃圾下楼。津津装作没看见。她满脸光彩，叫我一声：

大哥，你好。

我有些无措，站在门口光是傻笑。

她放下一袋礼品，然后像个女主人似的倒了杯开水仰头就喝，喝完了还说：

我呀，好长时间没这么高兴过，真的，我的心情好得不得了。

为什么呀？

文印中心打字员每人每月加薪一百五十元。

我好像被她感染了，每一个细胞都活跃起来，全身的血液加速流动。

津津，我这里有干红，咱们得好好庆祝一下。

总不能喝给旁人看吧。

我领会她的意思，把门关上。

我去倒酒，她的双臂从背后绕过来，环住我的腰际。

我放下酒杯、酒瓶，犹豫片刻，然后返身抱住她。她仰起头，闭上双眼。我俯身迎接她温热的双唇。

尔后，我作了解释。

我不是老池，我不想趁人之危。

你当然不是老池，我也不是轻佻女人，但是，在你面前，在今晚，我想轻佻一次。

津津，你可能不了解我……

我已经了解你，我知道你的情况。

我不清楚津津了解我多少，我感到无措。

相信自己的感觉，没错的。津津在鼓励我。

我的心头豁然一亮，原来所谓的男女爱情就是瞬间即逝的感觉，如风溜过树梢，如雾迷失山涧，如鸟掠过水面。

我还有什么理由拒绝呢？承接彼此，两厢情愿，自然为真。津津是个不错的女人。

事后，我们在靠窗的桌边坐下，开始对话。

你这枕头古色古香，挺有闺房气息。鸳鸯、荷叶、水波纹、水草、柳树、牡丹，一看就是手绣的。哪里买的？津津先开口。

不是买的，是我前妻用绣花针一针一针绣出来的。

你前妻手真巧。

旧了，该换个新的。我盯着枕头左上角"百年好合"的字样说。

新的也会变旧的，我看还是留着好。

那就听你的。

你的前妻，她怎么样？

她的思维有些特别，脑子里经常冒出怪念头。她爱幻想，特感性。而生活是需要理性的。她说自己是个不合时宜的女人。其实，我觉得自己也是这一类人，我和她骨子里的东西非常接近，比方说，我们都喜欢烂苹果的味道，我们都特别怕蛇，但又特别喜欢吃蛇肉，我们都讨厌春天……

你们还是有缘分的，那枕头能说明一切。

可我们彼此都觉得缘分已尽。也许，两个太相似的人就像两根平行线，连交点都没有。

你遇见过她吗？

我听人说过，她如今仍单身，别的就不清楚。

她仍在关注着你，你知道吗？

可能。有时候，我有感觉，尤其在晚上，我就觉得她站在楼下某处抬头看我窗户的灯光。

那你可以找她。

我不会，她也不会来找我。我们不能生活在同一屋檐下。

但我总觉得你和她有着千丝万缕的联系。

并不是这样的。

我很难明白——

你不需要明白，有些事情你明白不了。

津津摇摇头，嘴角掠过一丝涩涩的笑意。

从那以后，津津就没来过我的居所。我和津津依然在同一个大院子上班，有时候遇见，彼此打个招呼。

大约过了一年，津津打电话告诉我，说自己有眼疾，不得不放弃目前这份工作。

我说，找到新的工作了吗？

她犹豫了一下，说是找到了。她说了新单位，我怔愣片刻，然后说"恭喜恭喜"。我们的谈话就此结束。津津终于在老池手下做了一名出纳员。

老池的妻子患肝癌死在医院里，那是一个月后的事情。我看到老池在邻居面前抹了几把涕泪。老池才四十八岁，他是中年丧妻。

几个月后，老池把津津领上楼。这回，春风拂过老池黄黑的脸庞。我注意到，老池的牙齿仍然黄灿灿的，真像是金黄的玉米粒。有邻居说，老池太快了。有的却说，老池艳福不浅哪！那语气不像是讥讽，倒像是羡慕。

我每次上楼下楼遇到新婚的老池夫妇，总是百感交集，喉咙里像堵着一块东西。这对夫妇让我的视觉相当别扭。

后来，我在开发区那儿买了套新房子。这样，我就很少遇见老池夫妇。有一次，我骑车路过购物中心，看到门口站着一位孕妇，像是津津。我从车上下来，躲在暗处定神细看，果然是她。她的模样有些滑稽。

初秋的某个夜晚，我坐在窗前翻看《契诃夫手记》，我的目光逗留在第 77 页的一段文字上：N 早已爱上 Z。Z 嫁给 X 了。

结婚两年以后，Z来看N，她哭着，像要告诉他一些什么，N总以为她一定是要告诉他她对于丈夫的不满，聚精会神地倾听。但是她告诉他的却是：她爱上了K。

契诃夫真是一个俏皮的家伙，他把所谓的男女爱情设置成一种有趣的游戏。有点意思，不愧为大师。

一只蝙蝠唐突地闯入我的居所，它盘旋数圈后仓促离去。外面起风了，树叶在风中唠叨个没完，像菜市上绕舌的妇人。我立起身，走到阳台上，伸了个懒腰。刹那间，我又有了一种感觉：我的前妻正站在楼下的瓦砾堆上抬头看我的窗户。我连忙俯身四顾，但楼下杳无人影。我不禁摇头苦笑。我点燃一支香烟，猛吸一口，感觉真不错。我又想起了前妻的一个优点，她喜欢闻我身上的烟味，因此她从不阻止我抽烟。她对抽烟减寿的说法有自己独特的见解。她说，即便减寿，减的也是老朽后那段寿命，不足惜。她这人有些固执己见。

忽然响起敲门声，在这个秋风如水的月夜，谁会来敲我家的门呢？打开门，不速之客竟是前妻。看得出，她是特意造访我。她精心修饰过，虽装扮略显俗气，但还算得体。

进来吧。我礼貌地做了个手势。

她环顾四周，然后把目光逗留在那粉色无骨花灯上。她走过去，伸出手指轻触花灯边缘，表情凝重。

我给她倒了杯开水，放上桂花糖。

她说自己不喜欢喝甜的。

我赶紧换了一杯茶水。

她说：我在二楼晓敏家玩，她说你就住在楼上，我顺便上来了。

哦，是这样。

你什么时候开始写小说的？

我不好意思地笑笑。

我哪会写什么小说呀，谁在瞎扯。

不敢承认？我看过你发表的两篇小说，其中一篇有我的影子，谢谢你重新审视我，理解我。

听了她的话，我无言以对。不知为什么，在她面前，我总感到底气不足。数年不见了，她还是一副盛气凌人的样子。这种固执的女人，其性情是改不了的。

你好像没变样，我看着她说。

老了。女人只有一个青春，男人却拥有第二春、第三春，老天爷偏爱男人。

你该有个归宿了。

归宿？你以为找个男人就是归宿？

女人不都这样吗？

我可不这么认为。一个人也是归宿呀，只要心安就行。

你成熟多了。

你在嘲讽我？

没有，绝对没有。

我忍不住笑起来，是那种别有一番滋味的笑。她也笑了，歪着头无声地笑，笑时露出齐整雪白的牙齿。

从那以后，我和我的前妻似乎接通了某根筋脉，我们又开始来往。外界说我们要复婚了。对此，我和她态度一致，我们不谈婚论嫁，至少目前如此。也许将来某一天，我们会心血来潮，去领取那红本子。也许——结果难料。

月　晕

　　山里的空气十分新鲜，如同刚采下的瓜果。村民们守着青山绿水，也守着贫穷。

　　这一年夏天，丁竹云刚刚考上大学，虽然这只是一所二本大学，就业出路并不理想，但对于山里的姑娘来说，未来的憧憬如同朝霞般美好。

　　这年夏天，村里来了位市级机关下派到农村工作的指导员，他的名字叫潘牧野。潘牧野住在乡敬老院，丁竹云家与敬老院只一墙之隔。丁竹云的母亲是位热心人，她常常到敬老院里做义工。受其母亲影响，丁竹云有时也会过来帮忙。

　　年轻俊美、留两撇八字胡、穿着文化衫的潘牧野让丁竹云眼睛放光。同样，肌肤白皙、身材结实而苗条，梳一头长辫子的丁竹云也给潘牧野留下深刻的印象。

　　"哥们，隔壁山妹子的眼睛可真清澈，像高原上的湖泊。"潘牧野忍不住对过来看望自己的好朋友许柯说。

　　"哥们，遇上天仙妹妹了，什么感觉，快说。"许柯说。

　　"脱俗、清纯、原生态，艳丽之极是素朴的感觉。"

　　"这种感觉在城里女子身上绝对是找不到的。"

　　"是啊，她刚刚考上大学，恐怕不久的将来，她身上最珍贵的东西会渐渐散去。要是遇上一个不懂得珍惜的男人，她所拥有的美丽就会凋谢。贾宝玉说对了，男人是泥，女人是水。天下大多数女子本是纯洁、可爱的，只因为遇上恶俗的男人，然后才变质的。"

　　"哥们，别感慨了，这个姑娘跟我们有什么相干。你若觉得她美，欣赏欣赏不就得了。我告诉你，你可千万别动邪念。"

　　"你不明白，这姑娘就像一缕清风、一股清泉，让人只生怜

爱之情，而起不了邪念。"

"我不信。"

"不信什么？"

"都不信。"

"算了，信不信由你。"

一天午后，潘牧野独自走过村庄，坐在一片缓坡上。他带了一支竹笛，但没有吹奏。他放眼四顾，一切都十分赏心悦目。农舍、草垛、清凉的溪水、捣衣的村姑、荷锄的农民……这一切都相当养眼、入画。相看两不厌，只有山乡景。他坐了许久许久，忘记了时间，也忘记了自身，直到向晚。向晚的风吹拂过来，他感到十分惬意。他忽地有了灵感，他拿起笛子，笛声悠扬，与不远处的潺潺水声和鸣。

丁竹云从山中采摘一种叫"红妞"的酸果回来，听到笛声，她放下竹篮，坐在离他四、五米处的一块巨石上，静静倾听。

一曲终了，潘牧野轻轻地舒了一口气。就在此刻，他忽而有了感觉——后背被人注视的感觉。他蓦地回首，四目相对时，丁竹云的脸上泛起淡淡的红晕。

"你吹得真好听。"她侧过脸说。

"你，什么时候来的？"他问。

"你的笛声像竹林里的一种鸟叫。"她答非所问。

"那是一种什么样的鸟？"

"我不知道鸟名，但我认得这种鸟。"

"你对声音特别敏感吗？"

"是。我对鸟鸣、风声、雨声都很敏感。下雨的时候，我会在檐下放各种各样的瓦罐、瓷碗，然后听雨点击打出交响乐，很美，很悦耳。家人、邻居都笑我是个傻姑娘，有毛病，不正常。"

潘牧野用惊诧的目光注视着丁竹云。这个灵秀的姑娘的确是自然之子，她对天籁之音及自然之美有独到的感悟力。他在心里说。

"你同意邻居的看法吗？"潘牧野问。

"不同意。他们不理解我。"

"你经常会有奇妙的想法、举动吗？"

"偶尔会有。"

"比如——"

"比如，早晨起来时，我喜欢看蛛网上的露珠，枯草上薄薄的白霜，可我的小姐妹都不喜欢看。我还特别喜欢各种各样的野草。割草的时候，我给它们起好听的名字，比如：田中笑、米筛珠、金屋藏娇等。好多东西，只要细细观察，就发现它们很美很美。"

丁竹云边说边拿出篮子里的小酸果说：

"这种果子长在一种刺儿上，好吃又好看，我把它叫做'红妞'，后来大家也都这么叫了。"

"你很聪颖。"潘牧野微笑着说。

丁笑云笑着瞥了他一眼，马上把目光移开。她用双手支着头，把目光投向西山顶。

"你看，晚霞很美，在城里，肯定看不到这么美的火烧云。"她说。

"是啊。在城里，几乎没有人观察日升日落的。"他感慨地说。

"我去城里读书，心里有点忐忑不安。大家都说城里人复杂，心眼像米筛一样多，难相处。"

　　"你用不着担心，城里人没那么复杂，毕竟好人多呀。"

　　"我想应该这样。"

　　有那么一会儿，他和她都沉默不语，似乎各自想自己的心事。他随意摆弄那根笛子，她用眼角的余光注视他。他的侧脸轮廓分明，真俊美！她在心里暗暗感叹。

　　"明天，我就要离开这里，到城里去。"

　　"你们学校这么早开学吗？"

　　"不是。我小姨在城里开浴室，生意不错，她希望我早点去帮忙。"

　　"是这样。"

　　"天色晚了，你该吃晚饭了吧。"

　　"那就走吧。"

　　说完这句话，他顿时感到若有所失。此刻，他才意识到，这个小姑娘是山村一道鲜亮的风景，她这一走，仿佛一道屏风、一幅画卷被收走了。

匆匆吃过晚饭，潘牧野感到心情落寞。难道一个毫不相干的人离开也会影响自己的心情？应该不会。他伫立窗前，看一棵枫树兀然挺立山崖下。枫树并不高大，他那挺拔的样子使人联想到成长中的翩翩少年。就在潘牧野胡思乱想之际，耳边传来了敲门声。

开了门，潘牧野的眼前一亮。

"可以进来吗？"丁竹云笑着问。

"请进。你坐。"潘牧野做了个手势。

"不坐了。我想带你去一个地方，可以吗？"

"现在吗？"

"嗯。"

潘牧野乖乖地跟在丁竹云后面。临走时，他带上手电、竹笛。

丁竹云领他来到高高的溪坝上，然后坐下来。溪两岸长满垂柳、芦苇，还有一些红蓼。月光下，周边的风景美得让人产生梦游的感觉。

"你别介意。我只想邀你看看涂上月光的山村美景。"

"的确很美。我没想到，月光下的芦花美得似真似幻。"

"其实，最美的还不是这个。"

"还有更美的吗？"

"你看，天上的月晕，多像一幅写意画。你细细看，月晕有好多种色彩，但今晚的月晕隐约透出粉红色，明天应该是阴天或者下雨。"

"是老人告诉你的吗？"

"不是，是我自己观察到的。如果月晕清朗些，以淡青色为主，那明天一定是大晴天。"

"噢，你真——"

他顿时找不到恰当的词语，只得打住。此刻，他从怀里掏出笛子，忘情地吹了起来。笛声悠扬，她听得情不自禁。忽地，她的身子战栗起来。当他停止吹奏时，他发现她在轻轻啜泣。

"你怎么啦？"

"没什么。我，明天就要离开这里……我恐怕听不到这么动听的笛声了。"

潘牧野陷入沉思。姑娘的心思他未完全明白，但他感觉到，丁竹云的某根心弦肯定被触动了。月色、芦花、笛声、溪水，这环境，能不让人情不自禁吗？但是，作为将要结婚的男人，他立马删掉杂念，掐断萌生的情思。

"我们回去吧。"他站起来说。

丁竹云伸出纤纤玉手，他拉她起来。在默然无语的行走中，她挽住了他的胳膊，把头靠了过来，大方而自然。

潘牧野停下脚步，捧起她的脸颊审视。此刻，他特别想拥住她的身子，深情地吻她，他感到自己充满了男子汉的热望，习俗和身份有时可以抛在一边的，但是，他还是忍住了。

正当他内心挣扎之时，不远处传来了赶夜路的脚步声。他和她就这样分开了。此后，他们隔着少许距离回到家。路上，两个人没说一句话。他送她到家门口说"再见"时，她也未吭声。她头也不回跑进家门，"嘭"地一声关上门。他的心仿佛被铁锤猛击了一下。

这一夜，潘牧野失眠了。同样，丁竹云也失眠了，她的枕头湿了一片。

第一学期结束时，丁竹云回到家。母亲告诉她，住在敬老院里的指导员"走了"。

"他去哪儿？调走了吗？"丁竹云问。

"不是。他出了车祸。"妈妈说，"记得那天是礼拜二，他笑着送给我一包东西，里面有烤鸭、蛋糕什么的。他说自己驾车去白云顶，那里有个小学，其中有三个学生是他资助的。他带了衣服、学习用品、食品上山。谁料到，他这一去就没回来。"

"他出事多久了？"

"快一个月了。"

"妈，我想不通。"

"是啊，多好的小伙子。他的女朋友过来整理他的遗物，关在房间哭了整整一天。"

"他女朋友一定很爱他。"丁竹云喃喃地说。

"妈，我想看看他的房间。"

"没什么好看的，只留下一张床，一张书桌。"

丁竹云打开房门，静静地环顾四周。的确，徒有四壁及一床一桌，什么也没有。似乎，这个房间从来就没住人。生命无常。一个人来了走了，怎么就不留下点滴痕迹呢？！丁

竹云拉开窗帘，站在窗前，顿时，她有了感觉。多少个黄昏，这个英俊的小伙子就站在这儿，面对满目青山及山顶的月牙，悄然吹响竹笛。笛声透过窗纱，传得很远很远，有心的人听懂了，默然陷入忧伤。

一想到那支竹笛，丁竹云的心灵一阵阵悸颤。她带着无望的心情拉开抽屉，发现它依然横在那里。也许，是他女友过于伤心，有意无意丢下了它。

丁竹云怀着异样的心情望着竹笛，两行清泪潸然而下。